KB202226

냉동참치

ㅡ김태은 소설집ㅡ

냉동참치

— 김태은 소설집 —

2024
경기도 우수출판물
제작지원 선정작

차례

냉
동
참
치

냉동참치

엄마가 노크도 없이 불쑥 들어왔다. 지연이와 통화 중이어서 핸드폰에 대고 "잠깐" 하고는 엄마를 봤다. 엄마가 뭐라고 말하기도 전에 벽에서 쿵쿵 소리가 들렸다. 엄마가 이마를 찌푸리며 말없이 손가락으로 소리 나는 벽을 가리켰다. 내 통화 소리가 들렸는지 쿵쿵 소리가 벽을 타고 한 번 더 전해졌다. 신경질이 잔뜩 묻은 채로. 엄마가 목소리를 낮췄다.

"통화할 거면 안방으로 와서 해."

순간 짜증이 치밀어 올랐다. 내 방에서 마음대로 통화도 못 한다니. 통화 중이라 일단 고개를 끄덕이고는 얼른 핸드폰을 가지고 안방으로 갔다. 며칠 뒤 열리는 지역 축제에서 선보일 공연에 대해 의논할 것들이 많았다. 하지만 내가 춤추는 걸 별로 탐탁지 않게 여기는 엄마의 눈초리가 느껴져 길게 말할 수가 없었다. 중요한 내용만 짧게 말하고 나머지는 카톡으로 이야기하기로 하고 통화를 마쳤다.

"오빠는 또 왜 그러는 거야?"

볼멘소리가 나왔다.

"다음 주가 기말고사잖아."

엄마가 눈으로 오빠 방을 가리켰다.

"그럼, 스터디 카페 가면 되잖아. 거기서 조용히 공부하면 되는데 오빠 때문에 내 방에서 마음대로 통화도 못 하고 진짜 너무해!"

"오빠가 집에서 공부하는 게 더 낫다잖아. 왔다 갔다 시간 뺏기고 이어폰 끼고 인강 들으면 머리도 아프다고 하고. 시험 끝나기까지 이 주일 정도 남았으니까 그동안은 네가 좀 참아."

"나도 공연 있어서 준비해야 한단 말이야."

"공연? 또 춤추는 거야? 지난번에도 행사 있다고 며칠 내내 연습하느라 몸 축나고 영어 학원에도 계속 지각했잖아. 또 방에서 연습하면 시끄러울 테고….”

엄마 말이 길어질 것 같았다.

“알았어, 알았어. 조심하면 되잖아.”

“방에서 큰 소리 안 나게 해.”

엄마가 다시 한번 다짐받듯 말했다. 엄마가 과일을 깎아서 오빠 방을 조심스럽게 노크했다. 두 손으로 과일 접시를 받치고 문 앞에 어정쩡하게 서 있는 모습을 보니 얼굴이 찌푸려졌다.

‘완전 왕이라니까.’

“왜?”

방문도 열지 않은 채 오빠의 날 선 답변이 날아왔다.

“과일 좀 먹으라고.”

‘딸깍’ 굳게 잠겼던 문이 열렸다. 나는 얼른 안방 문을 살짝 닫았다.

“엄마, 쟤 좀 어떻게 해 봐. 시끄러워서 집중이 안 돼. 진짜 시험 얼마 안 남았는데!”

오빠 목소리에 짜증이 가득했다. 나 들으라고 큰 소리로 말하고 있는 게 분명했다.

오빠 방과 내 방은 나란히 붙어있다. 작은 아파트라 간이 벽으로 큰 방을 두 개로 나눈 건데 조금만 크게 말하거나 노래를 들으면 그 소리가 다 전해진다. 심지어 옆 방 코 고는 소리까지 들릴 정도다. 2년 뒤에 분양받은 새 아파트로 간다고 해서 지금 당장 이사 갈 수도 없고 어찌 됐든 그동안은 불편함을 견뎌야 하는 형편이다. 그래도 평소에는 오빠가 학교에서 밤늦게 오기 때문에 부딪힐 일이 별로 없는데, 시험 기간에는 상황이 달라진다. 집에서 시험공부 하는 오빠 때문에 온 가족이 비상이다. 엄마는 발뒤꿈치도 들고 걷는다. 설거지와 청소도 되도록 오빠가 없는 오전에 한다. 밥 먹을 때도 조용하다. 오빠 밥그릇 옆에 놓인 태블릿 속 강사만 연신 크게 떠들어 댈 뿐 누구도 말하지 않는다. 의미도 모르는 강사의 설명을 한 귀로 흘려듣고만 있을 뿐이다. 안 그래도 나 말고는 조용한 우리 가족은 더 말이 없어진다. 제일 피해를 보는 건 물론 나다. 내 방에서 친구들과 편하게 통화도 못 한다. 볼륨을 최대한 작게 틀어놓고 춤을 춰도 귀신같이 알고는 벽을 쿵쿵 두드려 댄다. 반대로 난 오빠가 엄청나게 크게 틀어놓은 인터

넷 강의를 자면서도 계속 들어야 한다. 지난번 오빠 중간고사 때는 도저히 잠을 잘 수 없어서 엄마한테 하소연했다.

"엄마, 오빠 방에 인강 소리 너무 커서 한숨도 못 잤어. 꿈에도 나올 것 같다니까."

그랬더니

"아빠보고 거실에서 자라고 하고 차라리 너 안방으로 와서 자라. 너 늦게까지 안 자고 부스럭거린다고 안 그래도 오빠가 신경 쓰인대."

라고 말하는 게 아닌가. 내 방을 두고 안방에서 자라니. 그것도 2주간이나. 나도 자기 전에 학원 숙제도 해야 하고 봐야 할 춤 영상도 많다. 무엇보다 잠자리가 바뀌면 편하게 못 자는데. 이런 내 생각은 손톱만큼도 안 해준다. 오빠한테 인강 소리 조금 줄이라고 하거나, 이어폰 꽂고 들으라고 하면 될 것을 시험 기간에는 어떤 말도 하지 않는다. 아니 엄마는 오히려 오빠 방에서 계속 인강 소리가 들리면 안도하는 눈치다. 나는 그날 엄마에게 이렇게 말했다.

"아니야, 그냥 냉동 참치처럼 가만히 있을게. 내 방

침대에서 꼼짝도 하지 않고 누워서 숨만 쉬면 되잖아."

그리고 진짜로 그렇게 숨만 쉬고 2주를 버텼다. 그런데 다시 오빠의 기말고사가 시작된 거다.

내가 냉동 참치가 된 지 나흘이 지났다. 우리 집은 얼음 속 세상처럼 고요하다. 그리고 이번에는 이런 상황이 가져온 좋은 점도 있었는데, 바로 아빠와 싸우지 않아도 되었다. 아니, 싸운다는 표현은 틀리다. 언제나 일방적으로 내가 당하니까. 며칠 전 학교에서 수학 평가가 있었고 결과가 좋지 않았다. 아빠는 내 시험지를 보더니, 땅이 꺼질 듯 한숨을 쉬고 말했다.

"당장 춤추는 학원 그만두고 수학 과외 시작해."

"싫어, 댄스 학원에 가야 그나마 숨 쉬는 것 같은데 어떻게 그만둬. 계속할 거야."

내 말에 아빠 목소리가 커졌다.

"이따위 점수 받고도 그 말이 나와? 네가 지금 초등학생이야? 진로를 생각해야 할 것 아냐?"

"나 댄스 그냥 하는 거 아니야. 아빠, 이번에 댄스 경연대회 프로그램에서 우승했던 '안젤라 킴' 알지? 나도 그런 유명한 댄서가 될 거라고."

순간 아빠 얼굴이 일그러졌다. 아차 싶었다. 평소와
달리 말대답이 길었다. 하지만 댄스를 그만둘 수는 없
었다.

"너, 그 길이 얼마나 힘든지 알고 하는 소리야? 춤춰
서 성공하기가 얼마나 어려운데. 그냥 취미로만 해."

"꼭 성공해야만 하는 거 아니잖아. 그냥 내가 하고 싶
은 거 하면서 살면 되잖아."

"그냥 하고 싶은 거 하면서 먹고 살 수 있는 줄 알아?
아주 잘하지 않고 그게 가능한 줄 아냐고?"

아빠는 어이없다는 표정이었다.

"아빠 나 댄스 하는 거 제대로 본 적 없잖아. 그럼 한
번만 보고 말해줘. 응?"

"네가 잘해봤자 거기서 거기지. 너보다 춤 잘 추는 애
가 뭐 한둘인 줄 알아? 티브이나 유튜브만 켜도 그런 애
들 수두룩하다고."

"아빠는 내가 댄스 하는 거 제대로 보지도 않고서 어
떻게 그렇게 말할 수 있어? 한 번만 봐봐. 응?"

내가 울먹거리자 아빠가 엄마에게 화살을 돌렸다.

"당신은 집에 있으면서 애한테 신경 쓰기는 한 거야? 수학 점수가 이렇게 바닥을 칠 때까지 뭐 하고 있었어? 학원비 남은 기간만 더 다니고 당장 수학 과외 알아봐! 난 너 춤추는 거에는 내 돈 절대 안 쓸 거니까 그렇게 알아."

엄마가 아무런 말도 못 하고 있었다. 내가 입을 떼려는 순간 엄마가 내 팔을 세게 잡아끌었다.

이후 엄마가 수학 과외를 알아보는 사이 오빠의 시험이 다가왔고 그 일은 일단 보류됐다. 아빠에게 가능성 없는 내 수학 점수보다는 의사가 되어야 하는 오빠 시험이 훨씬 중요했으니까. 오빠는 단 한 번도 아빠의 기대에 어긋나지 않았고 이번에도 틀림없이 그래야 했기 때문에 집에서 공부하는 오빠를 위해 당분간은 어떤 분란도 일어나서는 안 됐다.

● 냉참, 오빠 시험 기간?   오후 8:40

지연이한테 카톡이 왔다. 내 프로필이 냉동 참치로 바뀐 걸 보고 묻는 거다.

◯ 응, 다음 주까지. 오후 8:40

● ㅋㅋ 오후 8:41

◯ 토요일 축제인데 최종 연습 어디서 함? 댄스 학원은 전기 공사로 연습
  실 사용 안 됨. 오후 8:41

 이틀 뒤, 우리 지역에 청소년 축제가 열리는데 각 학교에
서 선발된 학생들이 댄스, 노래, 밴드 등 공연을 선보인다.
거기에서 최종 3위 안에 들면 전국 청소년 축제에서 공연
도 하고, 예술 고등학교 진학 시 필요한 가산점도 받을 수
있다.

● 우리 집 가능. 오후 8:41

◯ 오키 오후 8:41

 집에서 연습해도 된다는 지연이가 부러웠다. 우선 지연
이 집에 가려면 허락부터 받아야 했다.
 "엄마, 나 내일 지연이네서 자면 안 돼?"
 엄마가 놀라 눈을 동그랗게 떴다.

"뭐? 아빠가 허락하시겠어? 말도 꺼내지 마."

"오빠 시험 3일밖에 안 남았잖아. 맨날 시끄럽다고 짜증 내니까 이참에 잘 얘기하면 되지 않을까? 응? 나 진짜 중요한 날이라서. 제발."

"왜 그러는데?"

청소년 축제 초대장을 내밀었다. 엄마가 초대장을 펼쳐보더니 눈썹을 찡그렸다.

"아휴, 너 아직도 정신을 못 차렸어!"

"나, 이거 꼭 해야 해. 학교 댄스팀 대표로 뽑힌 건데 안 나갈 수 없잖아. 지연이는 예고 간대. 여기에서 잘하면 예고 가산점도 받을 수 있는데 나 때문에 지연이가 피해 보면 안 되잖아. 응? 나 이번만 보내주면 아빠 말대로 댄스 취미로만 할게. 엄마, 제발."

엄마의 가느다란 한숨 소리가 들렸다. 그날 안방에서 조금 큰 소리가 났다. 물론 오빠 방에 들리지 않을 정도로만. 밤늦게 엄마가 내 방문을 슬쩍 열었다.

"어떻게 됐어?"

"오빠 시험 때문에 너 할머니네서 잔다고 했어. 너 말한 것처럼 이번이 마지막이야. 알지? 이번 공연을 끝으로 댄스 그만하고 공부 시작해. 알았어?"

난 고개를 끄덕였다.

다음 날 학교 수업이 끝나고 지연이랑 나란히 지연이 집에 갔다. 지연이 엄마가 반갑게 맞아주었다.

"네 방에서 연습하면 되지?"

"연습실 있어."

지연이가 웃으며 말했다.

"연습실?"

지연이 방 바로 옆 방이 연습실로 꾸며져 있었다. 문을 열자 한 면에 큰 거울이 붙어있고 바닥에 매트가 깔려있었다. 간이 조명도 설치돼 있어 곡에 따라 분위기도 바꿀 수 있었다. 입이 쩍 벌어졌다. 지연이와 댄스 연습을 했다. 지연이 엄마는 동영상을 찍어 줄 정도로 적극적이었다. 우리는 영상을 보면서 수정이 필요한 곳은 반복적으로 연습했다. 최종 리허설까지 끝내고 늦은 저녁을 먹었다.

"라희야, 내일 엄마 오시지?"

지연이 엄마가 물었다.

"아니요, 할머니가 좀 아프셔서요."

거짓말로 둘러댔다. 내 사정을 아는 지연이가 그만 물어보라며 엄마에게 핀잔을 줬다. 우린 한 번 더 동작을 맞춰보고 지연이 침대에 나란히 누웠다. 지연이가 물었다.

"라희야, 너 진짜 예고 안 가? 같이 가면 좋은데."

"말도 못 꺼냈어."

짧은 한숨이 나왔다.

"왜?"

"아빠가 내 댄스에 돈 쓰고 싶지 않대. 학원 계속 다니려면 알바라도 해야 하나 고민 중이라니까."

"너 댄스 하는 거 보면 달라지지 않을까? 댄스 학원 선생님이 너 전공해도 되겠다고 했잖아. 학교 동아리 선생님도 그랬고. 다시 말해봐."

"안 돼. 괜히 불쌍한 우리 엄마까지 쫓겨날지 몰라. 엄만 늘 아빠랑 오빠 눈치 보며 살 거든. 됐어. 낼 공연이나 잘해야지, 뭐. 잠이나 자자."

눈을 감았는데 쉽게 잠이 오지 않았다. 지연이도 그런지 다시 물었다.

"라희야, 엄마 아빠가 한 가지 꼭 해준다고 하면 받고 싶은 거 있어? 제일 받고 싶은 거 말이야."

"제일 받고 싶은 거. 글쎄. 잘 모르겠어."

이렇게 말했지만 난 속으로 생각했다.

'응원, 그냥 응원받고 싶어.'

청소년 축제였지만 누구나 즐길 수 있는 지역 축제라 어린이부터 노인까지 많은 인파가 몰렸다. 종합 운동장을 빙 둘러 먹거리, 체험, 판매 등 다양한 부스가 즐비했고 중앙에 공연을 위한 특별 무대가 마련됐다. 공연 시작 한 시간 전부터 사람들이 무대 정면에 설치된 의자에 앉기 시작했다. 학교 교복을 입고 온 학생, 현수막을 가지고 응원하러 온 선생님과 가족, 구경하러 온 동네 사람 등 준비한 천 석이 금방 채워졌고 주변에 서 있는 사람도 많았다. 마치 전국 노래자랑을 방불케 했다.

"라희야, 장난 아니야. 사람들 엄청 많아. 나 떨려. 어떡하지?"

가슴에 손을 얹은 지연이의 얼굴이 발그레하게 상기됐다.

"평상시처럼 하는 거야. 우리 어제 완벽했잖아."

태연한 척 말했지만 떨리기는 나도 마찬가지였다. 심장이 벌렁거리고 손에서 식은땀이 났다. 우리 순서가 됐다. 무대에 오르자 환호 소리가 들렸다.

"강라희! 이지연! 잘해라!"

"리안중학교, 파이팅!"

객석에서 댄스부 동아리 선생님과 친구들이 '최고의 댄서, 강라희! 이지연!'이라고 쓰인 현수막을 흔들며 목청껏 소리를 질렀다. 그 소리를 들으며 지연이와 나는 서로 마주 봤다. '잘하자' 지연이가 입 모양으로 말했다. 고개를 끄덕였다. 조명이 켜지고 음악 소리가 들리자 순간 고요해졌다. 세상에 지연이와 나 둘만 있는 것 같았다. 심장이 비트에 맞춰 쿵쾅거리기 시작했다. 음악에 맞춰 저절로 몸이 움직였다. 동작과 음악이 절묘하게 하나가 되는 순간 전율이 일었다. 그리고 자유로웠다. 하늘을 날고 있는 기분이 이런 걸까? 댄스 하는 동안은 어떤 생각도 나지 않았다. 팔과 다리, 온몸으로 나를 표현하는 동안 해방감이 가슴에 차올랐다. 무의식적으로 춤을 추었던 5분여의 시간이 눈 깜짝할 새 지나갔다. 얼굴과 등에서 땀이 비 오듯 했다. 관중석에서 우레와 같은 함성과 박수가 쏟아졌다. 지연이가 환한 표정으로 손을 내밀었다. 마주 잡았다. 아무 말 하지 않았지만 무슨 말을 하고 싶은지 알 것 같았다.

모든 순서가 끝나고 참가자들이 모두 무대 위에 올라섰다. 순위 발표 시간이 되었다. 긴장되어 아랫입술을 살짝 깨물었다. 호명된 수상자들이 상을 받을 때마다 손뼉을 치면서 슬쩍 지연이를 봤다. 지연이는 내색하지 않았지만 간절해 보였다. 지연이 눈썹이 파르르 떨렸다.

"마지막입니다. 1등."

'제발, 제발.'

"리안중학교 댄스팀. 강라희, 이지연! 축하드립니다."

사회자가 큰소리로 외쳤다.

"와아아아!"

객석에서 환호성이 터졌다. 나와 지연이는 부둥켜안았다. 지연이가 울었다. 지연이 엄마가 무대에 올라와 꽃다발을 전해주었다. 댄스 동아리 선생님이 너무 잘했다며 환하게 웃으며 지연이와 나에게 꽃다발을 건넸다.
그런데 그 뒤에 누군가 있었다. 엄마였다.

"…엄마."

"우리 라희 맞지? 무대에서는 완전히 다른 사람이
네."

엄마가 조금 상기된 얼굴로 말했다.

"그런데 어쩌지? 엄마가 꽃도 못 사 왔네."

엄마가 금세 미안한 표정을 지었다. 주책없이 눈물이
흘렀다. 엄마가 다가와 말없이 끌어안아 주었다. 그 품
이 따뜻했다.

모처럼 편안한 날이다. 오빠 시험도 무사히 끝나고 아
빠도 기분이 좋은지 피자를 사 온다고 했다. 방에서 음
악을 틀어놓고 춤을 추고 있는데 문을 열고 오빠가 꽥
소리를 질렀다.

"야, 조용히 좀 해. 잠 좀 자자."

엄마가 오더니, 오빠에게 한 소리 했다.

"너 시험공부 하는 동안 라희가 자기 방에서도 숨죽
여 지내느라 얼마나 애쓴 줄 알아? 고맙다고는 못 하

고!"

오빠가 머쓱한 얼굴을 하고는 방으로 들어갔다. 내가 음악을 끄며 말했다.

"괜찮아. 오빠 그동안 잠 못 잤잖아. 이렇게 착한 동생이 어디 있어. 그치?"

"없지. 라희야, 오랜만에 엄마랑 산책 갈까?"

엄마와 수박 주스를 사서 공원을 걸었다. 커다란 나무 아래 의자에 앉았다.

"라희야, 춤추는 거 재밌어?"

"응."

"왜?"

엄마가 궁금한 얼굴로 물었다.

"글쎄. 한 번도 왜 댄스가 좋은지 생각 안 해봤어. 그냥 좋아. 그냥. 엄마, 나 초등학교 5학년 때 강당에서 댄스 공연을 본 적이 있어. 전문 댄스팀이 와서 공연했는데 보는 내내 그냥 심장이 막 뛰었어. 흥분되고 무대에 서고 싶다는 생각이 들더라고."

"그래, 생각나. 그날 와서 너 엄마한테 그랬잖아. 춤추고 싶다고. 커서 춤추는 사람 되고 싶다고. 그때는 그냥 해 본 말인 줄 알았는데….”

엄마는 그때가 생각나는지 슬며시 미소 지었다. 엄마
눈가에 옅은 주름이 잡혔다.

“나 지연이랑 학교에서 공연했을 때 벅차서 심장이
터지는 줄 알았어. 우리 무대가 끝나고 애들이랑 선생
님들이 막 환호하는데 너무 행복한 거야. 그냥 내가 살
아있는 것 같았다니까.”

엄마가 나를 지그시 바라보더니 웃으며 가방에서 사
진 한 장을 꺼내 내밀었다. 사진에 노란 한복을 입고 양
손에 소고와 채를 들고 곱게 앉아 있는 아이가 있었다.
머리는 쪽을 져 올리고 곱게 화장한 얼굴이 앳돼 보였
다.

“이게 누구야?”

“엄마 초등학교 때.”

“엄마?”

“초등학교 때 학교에서 한국무용을 했었어. 반마다
소질 있는 학생들을 뽑아서 공연도 했는데 거기에도 나
가고.”

“엄마가 무용을?”

처음 듣는 얘기였다. 엄마가 고개를 살짝 끄덕이고는 소리 없이 웃었다.

"라희야, 너 춤추는 거 보니까 엄마 옛날 생각나더라. 엄마도 춤추는 거, 참 좋아했거든. 무용 시간만 기다렸었지. 초등학교 졸업하면서 더 배우고 싶었는데 차마 말을 못 했어. 가정 형편도 좋은 편이 아니었고. 그런데 살면서 가끔 생각나고 후회되더라. 말이라도 해 볼걸, 하고 싶은 거 어떡하든 더 해 볼 걸 싶더라고."

엄마가 나를 돌아보았다.

"라희야, 엄마는 꿈을 이루지 못했지만 넌 그러지 마."

엄마가 손으로 내 얼굴을 어루만졌다.

"하지만…."

"댄스 안 해도 후회하지 않을 수 있겠어?"

엄마가 내 눈을 가만히 보며 물었다.

"아니. 나 댄스 계속하고 싶어. 그런데, 아빠가…."

말이 더 나오지 않았다. 얼굴을 찌푸리던 아빠 표정이 떠올랐다.

"아빠한테는 천천히 말하자. 설마 방법이 없겠어? 라

희야, 너무 힘들 때는 발밑만 보고 걸으래. 그러면 어느 새 멀리 가 있다고. 엄마가 이제 너랑 같이 걸을게. 네 마음대로, 하고 싶은 대로 한 번 해봐. 알았지?"

눈물이 고였다. 눈물이 흘러내리기 전에 벌떡 일어났다. 하늘로 두 팔을 힘차게 뻗고 높게 뛰어올랐다. 그루브를 타며 한 바퀴 돌고는 두 팔을 허공에 대고 자유롭게 마구 휘저었다.

"뭐해?"

엄마가 웃으며 물었다.

"냉동된 참치가 막 살아났거든. 파랗고 넓은 바다로 힘차게 뛰어드는 중이야."

구름 한 점 없는 하늘이 푸르렀다. 마치 바다처럼.

나는 그 속으로 힘껏 날아올랐다.

EXIT

EXIT

내 별명은 달마시안이다.

미술 시간, 흑과 백의 조화를 설명하면서 선생님이 달마시안 사진을 보여줬을 때,

"김서진이네."

누군가 말한 후 내 별명이 되었다.

나는 선천성 모반증을 가지고 태어났다. 멜라닌 세포 이상으로 피부에 검붉고 커다란 점이 생겨나는 증상이다. 나는 이마와 볼, 목에 크기가 제각각인 검은 점이 있다. 옷으로 가린 팔, 등, 다리에도 큰 점들이 있다.

처음 '달마시안'이라는 말을 들었을 때, 난 아이들을 따라 웃었다. 한 번도 생각지 못한 이름이었는데 어이

없게도 나와 너무 비슷한 모습에 나조차도 웃음이 나왔다. 기분이 좋았다고는 할 수 없지만 나쁘지도 않았다. 친구 하나 없는 애한테 별명을 불러 줄 누군가가 있다는 건 그래도 괜찮은 일이라고 생각했으니까. 하지만 그런 생각은 얼마 가지 않았다. 언제부턴가 내 별명은 '똥개'가 되었고 반 애들의 장난은 조금씩 심해졌다.

"야, 똥개. 이거 가지고 와봐."

"손으로 가지고 오면 어떻게 하냐? 물고 와야지."

애들은 그렇게 말하면서 재미있어했다. 때로는 개처럼 짖어보라고 하거나 '똥개'라고 쓴 쪽지를 내 등에 몰래 붙여놓고 저들끼리 웃었다. 점을 가리느라 목에 항상 두르고 다니는 손수건을 개 목걸이냐며 놀리기도 했다. 난 점점 즐겁지 않았다. 자꾸만 화가 치밀어 올랐다. 지나다니는 개만 봐도 놀리는 아이들의 모습이 떠올랐다. 결국, 난 담임 선생님께 알렸다. 하지만 그건 결과적으로 잘못된 선택이었다. 아이들은 선생님께 혼난 후, 진짜 똥 묻은 개처럼 나를 대했으니까.

그러다 마침내 사건이 터졌다.

점심시간이었다. 급식실에서 밥을 먹고 있는데 앞에 앉은 아이가 소시지를 떨어뜨렸다. 소시지는 내 의자 바닥으로 굴러왔다.

"야, 똥개, 소시지 떨어졌다. 먹어."

앞에 앉은 아이가 말하자 양옆에 앉은 아이들이 킥킥거렸다. 난 모른 척했다.

"야, 소시지 떨어졌다니까."

앞에 앉은 애가 발로 툭툭 나를 찼다. 두 발을 의자 쪽으로 당겼다.

"얼른 먹으라잖아."

옆에 있는 애들도 같이 비아냥거렸다. 못 들은 척하자 옆에 있는 아이 중 하나가 떨어진 소시지를 내 밥 위에 올려놓았다. 그리고 터져 나오는 웃음을 참느라 끅끅거렸다.

"똥개 주제에 소시지가 얼마나 비싼 음식인데. 얼른 안 먹냐?"

"……."

"야, 똥개, 똥개!"

"……."

내가 아무 말이 없자 그 애는 내 오른팔을 툭툭 쳤다.
계속 건드리는 바람에 숟가락질을 제대로 할 수 없었다.

"하지 마."

난 고개를 돌리지 않은 채 낮게 말했다.

"뭐래."

그 애가 황당하다는 투로 말하더니 아까보다 더 심하
게 팔을 쳤다. '쨍그랑' 소리를 내며 손에 들고 있던 숟
가락이 떨어졌다. 그 애를 노려보았다. 주변 애들 시선
이 우리에게 꽂혔다. 그 애는 잠깐 움찔하더니 애들을
의식했는지 조금 크게 중얼거렸다.

"네가 노려보면 어쩔 건데. 똥개 주제에. 네가 똥개면
네 엄마는 뭐냐?"

이죽거리는 그 애 얼굴을 보는 순간, 눈에 불꽃이 일
었다. 머릿속이 뒤집히고 가슴 깊은 곳에서부터 분노가
솟구쳤다. 우리 엄마 얘기는 하지 말았어야 했다.

'그래, 똥개한테 어디 한번 당해봐라.'

나도 모르게 그 애 왼팔을 잡아당겼다. 그리고 개가
물 듯 이빨로 힘껏 물었다.

"놔, 놔!"

그 애가 팔을 빼내려 안간힘을 썼다. 난 놓지 않았다. 먹잇감을 물고 늘어지듯 더 세게 물었다.

"으악! 놔. 놓으라고!"

그 애가 비명을 질렀다. 피가 나는지 비릿한 냄새가 나는 것 같았다.

"꺅!"

주변 아이들이 소리를 지르더니 황급히 자리에서 일어났다.

"무슨 일이야?"

반대편에 있던 선생님이 놀란 얼굴로 달려오고 있었다. 난 그제야 그 애를 놓아주었다. 그리고 급식실 밖으로 달렸다.

"야, 거기 안 서? 서진아! 김서진!"

뒤에서 담임 목소리가 들렸다. 하지만 멈추지 않았다.

갈 곳이 없었다. 하릴없이 여기저기를 쏘다니다 멈춰 선 곳이 집 앞이었다. 아파트 옥상으로 올라갔다. 평소에도 답답하거나 울적한 일이 있으면 얼굴이 잘 띄지 않는 밤을 틈타 옥상에 올라가곤 했었다. 그곳에서 평상에 앉아 별들을 보곤 했는데, 별들이 인간 수명의 수억 배를 산다고 해서일까. 머리 위의 별을 보고 있는 순간에는 내 문제가 조금은 가볍게 느껴지기도 했었다.

'낮이라 괜찮을까? 괜히 사람들 눈에 띄고 싶진 않은데….'

망설이다 들어섰는데 다행히 아무도 없었다. 낮에 올라온 옥상은 느낌이 조금 달랐다. 평상을 지나쳐 옥상 난간에 올라섰다. 아래가 까마득하게 보였다. 자동차도 사람들도 모두 개미만 했다.

'나도 개미처럼 작아지면 아무도 모를 텐데. 아니 아빠처럼 그냥 확 사라져 버릴까?'

아빠를 생각하자 몸이 움츠러들었다.

아빠는 6개월 전 집을 나간 뒤 연락이 없다. 코로나로 회사 사정이 나빠져 정리해고를 당한 후, 막노동 일을 전전하던 아빠는 자주 술을 마셨다. 그리고 그런 날은 나를 때렸다. 그날도 아빠는 거나하게 술에 취해 들어왔다. 집에 오자마자 내 방문을 벌컥 열어젖혔다. 내가 고개를 돌려 아빠를 보자마자 솥뚜껑 같은 손바닥이

뺨을 향해 날아왔다.

"인사 제대로 안 해? 꺼억. 이게 어디서 눈을 똑바로 들고 쳐다봐? 이 씨."

역한 술 냄새가 풍겼다. 아빠를 쏘아봤다. 주먹 쥔 손이 부르르 떨렸다.

"어쭈, 네가 보면 어쩔 건데? 네 병원비가 얼마나 쳐드는지 알기나 해? 차라리 그냥 좀 나가 뒈져."

아빠가 삿대질하며 고래고래 고함을 질렀다.

"왜 그래요? 나와요. 애 힘들게 하지 말고."

어느새 달려온 엄마가 아빠 팔을 잡고 매달리자 아빠 몸이 비틀거렸다. 아빠가 쓴웃음을 지으며 비아냥거렸다.

"힘들어? 방에 가만히 앉아 있는 이 새끼가? 나가서 죽도록 일하는 게 누군데?"

아빠는 말리는 엄마도 때렸다. 찰싹 소리가 났다. 커다란 손에 엄마 얼굴이 금세 벌게졌다.

"그만, 그만해!"

있는 힘껏 소리를 질렀다. 처음이었다. 소리라기보다 절규였다. 아빠가 잠시 멈칫하더니 책상 옆에 세워진 야구 방망이를 들었다.

"그래, 그냥 다 죽자. 이렇게 사는 게 죽는 거랑 뭐가 다르겠냐?"

아빠가 방망이를 하늘로 높이 쳐들었다. 무서워 나도 모르게 눈을 질끈 감았다. '퍽' 뭔가 둔탁한 소리가 났다. 눈을 떠보니 엄마가 내 앞에 널브러져 있었다.

"엄마, 엄마!"

엄마를 안고 울부짖었다.

"에이 씨. 이놈의 집구석."

아빠가 야구 방망이를 내동댕이치고 비틀거리며 밖으로 나갔다. '쾅' 거칠게 문 닫는 소리가 났다. 그게 아빠의 마지막이었다. 엄마가 힘겹게 눈을 떴다.

"서진아, 미안해. 엄마가 미안해."

엄마 목소리가 가늘게 떨렸다. 엄마는 내 얼굴의 커다란 점을 자꾸만 쓰다듬었다. 그리고 흐느꼈다.

"아, 깜짝이야."

누가 옆구리를 찔러 돌아보니 한 여자애가 노려보고 있었다.

"몇 번을 불렀는데 안 들리니?"

달라붙은 배꼽티에 한쪽 귀에 피어싱을 두 개 한 노란 머리 애가 인상을 쓰고 서 있었다. 내 또래쯤 돼 보였다.

"못 들었어."

"일 다 봤으면 이제 좀 비켜줄래?"

"뭐?"

보자마자 반말을 하는 것도 황당한데 비켜달라니 어이가 없었다.

"나 춤 연습해야 하거든."

"여기에서?"

"그렇다니까."

그 애가 팔짱을 끼더니 더 말하기 귀찮다는 표정을 지었다.

"춤출 거면 집에서 추면 되잖아. 여긴 내가 먼저 와 있었다고."

"지금 집에 할아버지 주무셔서 안 된단 말이야. 내가 매일, 이 시간에 여기서 연습했는데 아무도 없었거든? 오늘 갑자기 불쑥 나타난 건 너잖아."

"여기가 너만을 위한 장소는 아니지 않아? 미안하지만 난 갈 생각 없어."

내가 딱 잘라 말하자 그 애가 짧은 한숨을 쉬었다.

"할 수 없지."

그 애가 짧게 말하고는 핸드폰을 만지작거리고 작은 스피커를 평상 위에 세워놓더니 손을 하늘로 찌르는 동작을 취했다.

"야, 너 설마…."

내가 뭐라고 말할 사이도 없이 스피커에서 음악이 흘러나왔고, 그 애가 춤을 추기 시작했다. 음악에 몸을 맡기듯 열정적으로 춤추는 그 애는 조금 전 나와 다퉜던 애가 아니었다. 춤이 그 애인지, 그 애가 춤인지 모를 만큼 몰입한 모습에 나도 멍하니 보게 되었다. 곡에 맞춰 그 애의 표정은 웃음에서 무표정으로 때로는 환희에서 슬픔으로 변했는데 분위기에 따라 몸동작 역시 달라졌다. 남자들도 하기 어려운 현란한 동작들까지 거뜬히 해내는 모습에 나도 모르게 입이 떡 벌어졌다. 가냘픈 몸 어디에서 그런 에너지가 나오는 건지 신기하기만 했다. 음악이 멈추자, 그 애가 거친 숨을 몰아쉬었다.

"헉헉, 어땠어?"

불쑥 그 애가 돌아봤다. 아무런 말도 하지 않자 그 애가 답을 기다리는 듯 빤히 쳐다봤다.

"뭐, 나쁘진 않네."

괜히 얼굴이 화끈거려 그 애를 마주 보지 않은 채 평상에 앉으며 말했다.

"그래? 잘한다는 말이지?"

난 긍정도 부정도 하지 않았다.

"낼 아이돌 오디션 있거든."

그 애가 내 옆에 털썩 주저앉으며 말했다.

"왜 아이돌이 되고 싶은 건데?"

딱히 할 말이 없어서 물었다.

"그냥 재밌으니까."

그 애가 잠시 생각하더니 덧붙였다.

"그리고 돈 많이 벌 수 있잖아."

"돈? 어디 가나 돈이네."

아빠가 생각나 나도 모르게 그 말이 튀어나왔다. 비아냥거리려고 한 건 아니었는데 그렇게 들렸을까봐 괜히 미안해졌다.

"할아버지 돌아가시기 전에 빨리 돈 벌어서 호강시켜 드려야 해. 엄마 아빠는 날 버렸지만, 우리 할아버지는 안 그랬으니까."

아무렇지 않은 듯 말하는 그 애를 보며 뭐라고 대꾸해야 할지 난감했다. 난 얼른 다른 걸 물었다.

　"어떻게 이 시간에 여기 있냐? 학교에 있을 시간 아니야?"

　"나 학교 안 다녀. 왜 이상해 보여?"

　아니라고 말하고 싶었는데 그러지 못했다. 내 주변에 학교 안 가는 애는 없었으니까. 그 애는 잠시 말이 없더니 입을 열었다.

　"우리 반에서 돈이 없어졌어. 담임이 CCTV를 확인한다느니 경찰신고를 한다느니 별말을 다 했는데도 못 찾았지. 그런데 몇 애들이 날 의심하더라. 내가 아파서 체육 시간에 운동장에 나가지 못했거든."

　그 애가 말을 멈췄다. 뒷이야기가 궁금해져 내가 그 애를 쳐다봤다. 내 시선을 느꼈는지 그 애가 말을 이었다.

　"다음 날 담임이 날 부르더니 그러더라. 괜찮으니까 솔직하게 말해보라고. 아무리 내가 아니라고 해도 믿지 않더라고. 우리 집 형편에 그럴 수도 있다고 이해한다고 말이야."

　그 애는 무언가 생각하는 듯했다.

"나중에 그 돈 잃어버린 애 실내화 주머니에서 찾았어. 거기에 둔 걸 깜박했다나?"

"뭐?"

내가 황당한 표정을 짓자 그 애가 복잡한 얼굴을 했다.

"그런데 더 웃긴 건 뭔지 알아? 아무도 나한테 사과하지 않았다는 거야."

그 애는 고개를 들더니 하늘을 보고 짧은 숨을 내뱉었다. 나도 마음이 답답해졌다.

"그래서 학교 그만둔 거야?"

"아니, 반대로 보란 듯이 다니려고 했지. 그런데 지금 할아버지 몸 상태가 안 좋아. 폐지 줍는 일 하는데, 얼마 전에 허리를 다쳤거든. 혼자서는 움직이지도 못하고 의사소통도 잘 안 돼서 내가 옆에 붙어있어야 해. 약이랑 식사도 챙겨야 하고."

나는 가만히 고개를 끄덕였다. 뭐라고 말해야 할지 생각이 나지 않았다. 잠시 침묵이 흘렀다.

"혹시 불쌍하다느니 안됐다느니 뭐 그런 생각하는 거 아니지?"

"어?"

"사람들이 그러더라. 나 보고 힘들겠다고. 안됐다고 말이야. 그런데 나 괜찮아."

그 애가 정말 아무렇지도 않다는 표정으로 나를 보았다.

"내가 말도 잘 안 듣고 엄청 속 썩였는데 할아버지가 진짜 잘해줬거든. 이제라도 내가 돌려줄 수 있으니 얼마나 다행이야. 나는 그냥 우리 할아버지가 오래오래 내 곁에 있었으면 좋겠어. 참, 도둑으로 몰렸을 때 우리 할아버지가 뭐라고 했는지 알아?"

내가 궁금한 표정으로 쳐다보았다.

"당당하라고. 잘못한 것도 없는데 왜 그렇게 움츠러들고 있냐고. 남의 시선에 주눅 들지 말고 뭐든 하고 싶은 거 하면서 재미나게 살래. 그래서 나 그렇게 살려고. 하고 싶은 춤도 열심히 추고 할아버지도 잘 챙기고."

그 애가 당찬 표정으로 말했다.

"그러는 너는 왜 이 시간에 있어? 학교 있을 시간 아니야?"

내 차례라는 듯 그 애가 물었다.

"나 좀 다르잖아. 생긴 게."

내 말에 그 애가 내 얼굴을 찬찬히 봤다. 다른 때 같았으면 그만 보라고 소리 질렀을 텐데 그대로 있었다. 그 애는 아무런 말도 하지 않았다. 그저 부드러운 눈빛으로 볼 뿐이었다. 그렇게 가만히 보는 그 애의 눈길이 왠지 싫지 않았다.

"애들이 처음에는 달마시안이라고 놀리더니 어느 순간부터 똥개라고 놀리더라고. 참을 만큼 참았는데 오늘은 안 참아졌어. 그래, 어디 똥개 맛 좀 한 번 봐라. 하고는 놀리는 애 팔을 꽉 물어버렸어. 담임이 불렀는데 그냥 도망쳐 나왔어."

그 애가 내 얘기를 다 듣더니 눈을 똑바로 보고 말했다.

"잘했네."

"뭐?"

"잘했다고."

그 애는 한 번 더 힘주어 말했다. 이상하게 마음이 조금 가라앉았다.

"난 애들한테도 담임한테도 아무 말 하지 못하고 나온 게 후회됐거든. 가만히 있으면 상처가 아물 줄 알았는데 그렇지 않더라."

그 애 말에 아픔이 느껴졌다.

"야!"

그 애가 조금 큰 소리로 불렀다.

"응?"

"우리 하고 싶은 대로 다 하자. 남 눈치 보지 말고 주 눅 들지 말고 울지도 말고 당당하게. 우리 그래도 되잖 아. 그렇지?"

그 애가 날 보며 물었다. 어쩌면 자신에게 묻는 건지 도 몰랐다. 난 고개를 끄덕였다.

"아, 가야겠다. 할아버지 약 드실 시간이야."

그 애가 핸드폰을 보더니, 옥상 문을 향해 걸어갔다.

"너 춤 잘 춰. 진심이야."

내가 등 뒤에서 소리치자 그 애가 돌아봤다.

"나, 아람이야. 장아람. 종종 여기 있을 거야."

그 말을 하고 그 애가 처음으로 웃었다. 그리고 가볍 게 손을 흔들고는 계단 아래로 내려갔다. 나도 모르게 오른손을 들어 그 애가 사라질 때까지 흔들었다. 어색 했지만 싫지 않았다.

핸드폰 진동이 울렸다. 확인하니 담임 전화에 이어 엄마 전화와 문자가 여러 통 와있었다.

💬 서진아, 선생님한테 연락 받았어. 어떻게 된 거야? 오후 1:50

💬 너 어디 있는 거야? 제발 전화 좀 해. 오후 2:01

💬 서진아, 괜찮은 거야? 아무 일 없는 거지? 오후 2:13

💬 서진아, 엄마가 미안해. 우리 아들... 엄마가 미안해. 오후 2:30

옥상에 내리쬐는 햇볕이 뜨거웠다. 목에 두른 손수건이 답답했다. 난 손수건을 풀었다. 커다란 점이 드러났지만 상관없었다. 손수건을 옥상 아래로 던져버렸다. 그리고 문자를 보냈다.

💬 엄마, 미안해하지 마. 엄마 잘못 아니야. 내 잘못도 아니고.

오후 2:39

엄마에게 처음으로 하는 말이었다. 그리고 나에게도.

햇살 아래로 한 줄기 바람이 일었다. 목에 닿는 바람
이 시원했다.

사랑하니까

사랑하니까

● 넌 정말 예뻐. 오후 8:14

● 오빠가 항상 옆에 있는 거 알지? ^^ 오후 9:01

● 우리 사귈까? 오후 9:47

오빠가 카톡을 보냈다. 오빠는 매일 듣기 좋은 말을 해준다. 그래서 오빠랑 있으면 기분이 좋다. 지금까지 나를 그렇게 좋아해 준 사람은 없었으니까. 가족조차도. 수혁 오빠를 만난 건 6개월 전쯤이다.

우리 집은 근처 복지관으로부터 무료 반찬 배달 서비스를 받고 있다. 항상 나이 지긋한 아주머니가 반찬을 가져다줬는데, 그날은 처음 보는 오빠가 반찬을 들고 왔다. 아주머니가 다리를 다쳐서 당분간 대신해서 반찬 배달을 하게 되었다고 했다. 평소 남 일에 관심이 많은 할머니는 아니나 다를까 그 오빠를 붙잡고 이것저것 캐물었다. 오빠는 대학교 3학년인데 휴학 중이라고 했다. 장학금만으로는 학비 충당이 어려워 여러 아르바이트를 하고 있는데 반찬 배달도 그중 하나라고 했다. 할머니는 오빠가 대학생이라는 말에 그것도 명문대 장학생이라는 말에 얼른 나를 불러 인사시켰다. 열린 방문 사이로 몰래 얘기를 엿듣고 있던 나는 조금은 쑥스러운 얼굴로 할머니 앞에 섰다.

"안녕하세요, 이희수예요."

겨우 이름을 말하고 돌아서려는데 할머니가 살짝 내 어깨를 붙잡았다. 무언가 더 할 말이 있는 것 같았다.

"거, 학생, 우리 손녀가 중학생이야. 원래 머리가 좋은 아인데 형편이 이래서 학원이라는 데를 통 못 가봤어. 인터넷인가 뭔가 그걸로 듣는 수업도 돈이 든다 그러고. 그래서 말인데 혹시 반찬 배달할 때 시간 되면 공부 좀 봐줄 수 있을까?"

"네?"

오빠가 놀랐는지 눈을 크게 떴다. 당황한 표정이 역력했다.

"요즘 과외가 얼마나 비싼데 할머니는 참…."

놀란 건 나도 마찬가지였다. 생각지도 못한 제안에 부끄러워 얼굴이 빨개졌다. 할머니는 미안했는지 손사래를 치며 금세 말을 돌렸다.

"아니여, 못 들은 거로 햐. 바쁠 텐디. 내가 괜한 말을 했구먼."

"괜찮습니다. 시간 낼 수 있어요. 반찬 배달하고 오후 일정 없을 땐 제가 가끔 봐줄게요."

오빠가 머뭇거리다 사람 좋은 웃음을 웃으며 말했다.

"아이고, 참말이여? 고맙네. 고마워."

할머니가 오빠 손을 덥석 잡고 흔들었다. 그렇게 오빠는 2주에 한 번씩 반찬을 가지고 우리 집에 왔고 가끔 내 공부도 봐주었다.

오빠와 나는 자주 보면서 가까워졌다. 처음에는 선생님이었던 호칭도 자연스럽게 오빠로 바뀌게 되었다.

하지만 할머니 앞에서는 꼭 선생님이라고 불렀다. 할머니가 괜히 걱정하실 수 있으니 그렇게 하는 게 좋겠다고 오빠가 말했는데, 역시 오빠는 생각이 깊다. 오빠는 만날 때면 종종 비비크림이나 틴트 같은 화장품을 선물해 주었다. 내가 화장하는 걸 할머니가 너무 싫어해서 화장품이 떨어져도 말 못 하고 속앓이만 했었는데, 오빠 덕에 애들처럼 꾸미고 다닐 수 있어서 좋았다. 가끔은 아빠 엄마 없이 할머니와 사는 내가 기특하다며 오빠가 용돈을 줄 때도 있었는데, 미안해서 받지 않겠다고 하면 몰래 서랍에 넣어두곤 했다. 나는 선물이나 용돈을 받을 때마다 오빠가 꼭 친오빠 같았다. 아빠나 엄마는 나를 버렸지만, 수혁 오빠는 살뜰하게 나를 챙겼으니까.

그렇게 오빠와 가까워져 가던 어느 날이었다. 그날도 오빠는 반찬을 가지고 우리 집에 왔다. 할머니가 급한 일로 막 나간 뒤였다.

"할머니는 안 계시네."

"네, 급한 일 있다고 방금 나갔어요."

"그럼, 오늘은 오빠랑 놀까?"

"네?"

"할머니 방금 나가셨다면서. 시험도 끝났겠다 그동안 스트레스 받았을 텐데 노래방에서 조금만 놀다 오자. 희수 춤추는 것 좀 보고."

오빠가 웃으면서 말했다. 전에 내가 아이돌이 꿈이라고 했을 때 언제 시간 되면 춤추는 걸 보여달라고 했었는데, 그걸 기억하고 진짜로 말할 줄은 몰랐다. 내가 망설이자 오빠가 서운한 표정을 내비쳤다.

"희수는 오빠랑 놀기 싫은가 보구나. 이거 섭섭한데."

시무룩해진 오빠 표정을 보니 미안했다. 공짜로 과외까지 받으면서 오빠를 속상하게 하는 건 너무 염치없는 일인 것 같았다. 나는 오빠를 따라 노래방에 갔다. 처음에는 쭈뼛거렸지만, 노래를 부르면서 점점 흥이 올랐다. 오빠가 춤추는 걸 보여달라고 했다. 난 좋아하는 음악을 크게 틀고 열심히 추었다. 오빠가 손뼉을 치고 노래를 부르며 호응해주었다. 영상도 찍었다.

"와, 희수 대단하다."

오빠가 엄지를 치켜들며 칭찬해주었다.

"웬만한 아이돌보다 훨씬 멋진걸. 바로 데뷔해도 되겠다."

오빠 말이 듣기 좋았다. 오빠는 내 옆으로 와서 땀으로 달라붙은 머리칼을 조심스럽게 떼어주었다.

"할머니는 이렇게 잘 추는데 왜 뭐라고 하시는 거야? 내가 할머니께 말해줘야겠는걸."

"진짜요?"

"그럼, 잘 얘기하면 할머니도 마음이 바뀌실 거야."

정말 그러면 좋겠다고 생각했다. 춤 얘기만 하면 화를 내는 할머니도 수혁 오빠 얘기면 들어줄지 모른다.

"힘들지?"

오빠가 다정하게 묻더니 내 어깨를 다독거렸다. 그리고는 내 다리를 오빠 무릎 위에 올리고는 주물러 주었다. 괜찮다고 했는데 오빠가 가만히 있으라고 했다. 어색했지만, 망설이다 오빠 말을 들었다. 불편한 내색을 하면 오빠가 싫어할지도 모르니까.

"아, 이거."

오빠가 갑자기 생각났다는 듯 주머니에서 작은 상자를 꺼내 내밀었다. 열어보니 블루투스 이어폰이었다. 갓고 싶었지만, 할머니한테는 말도 꺼내지 못했던 거였다.

"이거 비싼 건데."

난 오빠 얼굴을 보았다.

"아니야, 오늘 춤추는 거 보니까 사기 잘했어. 이거 1호 팬이 주는 거야. 희수의 1호 팬. 춤추는 데 꼭 필요하잖아."

"1호 팬."

왈칵 눈물이 나올 것 같았다.

"마음에 들어?"

고개를 끄덕이자 오빠가 내 허리를 슬며시 안았다. 그리고 내 목덜미에 오빠 입술을 갖다 댔다. 기분이 이상했다. 하지만 뭐라고 말하지 못했다. 오빠는 내 1호 팬이고 내 얘기를 가장 잘 들어주는 고마운 사람이니까. 오빠는 나에게 가족보다 더 가족 같은 사람이었다.

● 우리 사귈까? 오후 9:47

오빠가 보낸 카톡에 아직 답을 하지 못했다. 오빠가 말하는 사귄다는 게 어떤 의미인지 잘 이해가 안 됐다.

초등학교 때 남자 친구가 있었던 적은 있었지만, 왠지 그때와 같을 것 같지 않았다.

💬 잘 모르겠어요. 오후 4:47

며칠 고민하다 답을 보냈다.

⚫ 며칠 생각했는데도 모르겠다는 건 오빠가 싫은가 보네. 알았어. 반
　찬 배달 아르바이트도 그만둘게. 오후 4:48

오빠한테 카톡이 왔다. 오빠가 원하는 답이 아니라 실망한 것 같았다.

'오빠가 아르바이트 그만두면 내 옆에는 누가 있지? 할머니마저 돌아가시면 난 아무도 없는데….'

오빠가 이제부터 오지 않겠다니 덜컥 겁이 났다. 요즘 들어 몸이 전 같지 않다며 병원을 자주 찾던 할머니도 생각났다. 난 사귀겠다고 얼른 다시 카톡을 보냈다. 그제야 오빠에게서 하트 이모티콘이 왔다.

사귀기로 한 날부터 오빠는 조금 달라졌다. 둘이 있을 때면 자꾸 나를 안으려고 했다. 어깨를 감싸거나 허벅지를 만지기도 했다. 내가 조금 불편해하면 사귀면 다 그렇게 하는 거라고 했다. 사랑하니까 자연스러운 일이라고도 했다. 난 오빠 말이 맞는 거라고 생각했다. 오빠는 날 아끼는 사람이니까 오빠가 거짓말할 리가 없다고 믿었다. 오빠는 만나지 못하는 날이면 밤에 전화하거나 메시지를 보냈다. 할머니는 초저녁에 잠을 자면 아침이 되어서야 일어나서 할머니 눈을 피하기는 쉬웠다. 오디션에 떨어진 날도 할머니는 춤 같은 거 인제 그만두라고 소리만 질렀는데 오빠는 괜찮다고 또 하면 된다고 응원해줬다. 날 지지해주고 인정해주는 사람은 오직 수혁 오빠밖에 없었다. 난 그럴수록 오빠에게 더 의지하게 되었다.

사귄 지 한 달쯤 지났을까, 오빠가 어느 날 카톡으로 사진을 보내 달라고 했다.

● 너무 보고 싶다. 사진 하나만 보내줘. 오후 10:31

◯ 사진이요? 오후 10:31

💬 응. 속옷 입고 있는 사진.   오후 10:32

부끄러웠다. 누구 앞에서도 속옷 입은 모습을 보여준 적이 없었다. 내가 말이 없자 오빠한테 다시 카톡이 왔다.

💬 사랑하는 사이에 뭐가 부끄러워. 너 생각하면서 자고 싶어.
   오후 10:42

난 뭐라고 답을 해야 할지 몰랐다. 오빠한테 다시 메시지가 왔다.

💬 그렇게 싫으면 관둬.   오후 10:48

아무래도 단단히 화가 난 것 같았다.

💬 오빠 화났어요?   오후 10:49

내가 물었다.

● 난 다 보여줄 수 있는데 희수는 아직도 오빠를 못 믿는 것 같아서.

　너무 서운하다.　오후 10:49

　오빠를 서운하게 하려고 한 건 아닌데, 오빠한테 미안
해졌다. 나를 너무 사랑하는 오빠를 못 믿다니.

○ 잠깐만요. 찍어서 보낼게요.　오후 10:50

　내가 카톡을 보내자 오빠한테 하트 이모티콘이 왔다.
난 속옷만 입은 채로 핸드폰 카메라를 들이댔다. 속옷만
입고 찍는 게 어색해서 어떻게 찍어야 하는지 감이 오
지 않았다. 그때였다. 벌컥 방문이 열렸다. 할머니였다.
　"뭐 하는 겨? 물 마시러 나왔다가 네 방에 불이 켜져
서 들어왔는데 속옷만 입고 왜 사진을 찍어?"
　"어?"
　나는 너무 놀라 할 말을 찾지 못했다.
　'카톡'
　카톡이 왔다는 알림이 울렸다. 할머니가 재빨리 핸드
폰을 낚아챘다. 핸드폰 화면을 본 할머니 손이 부들부

들 떨렸다.

"전화혀."

"응?"

"지금 당장 전화혀."

할머니 목소리가 커졌다.

"아니야, 할머니가 생각하는 그런 거."

"전화 안 하면 당장 경찰 부를 테니께 전화하라고!"

할머니가 고래고래 소리를 질렀다.

"할머니, 제발. 그런 거 아니라니까."

난 엉엉 울었다. 할머니가 팔과 등을 때리며 소리 질렀다.

"할미 죽는 거 안 보려면 지금 당장 전화혀. 얼른."

난 울면서 통화 버튼을 눌렀다.

"왜 사진 안 보내고?"

수화기 너머 오빠 목소리가 들렸다.

"너, 너 누구야? 한밤중에 어린애한테 속옷 사진 보내라고 하는 게 지정신이야? 당장 경찰서에 신고할 테니께 그렇게 알어. 애 데리고 장난치는 것도 정도가 있지. 한 번 더 전화하면 가만 안 있을 테니께 연락하기만

혀. 응?"

할머니는 욕이란 욕은 다 쏟아내고 나서 전화를 끊었다. 그리고는 그 자리에 털썩 주저앉았다. 난 할머니 앞에 무릎 꿇고 앉았다.

"누구여?"

할머니가 진이 다 빠진 목소리로 물었다.

"그냥 친구 때문에 알게 된 오빠."

사실대로 말할 수가 없었다.

"다 큰 기집애가 어디 할 짓이 없어서…. 응? 니가 시방 뭔 짓 한 건지나 아는 겨?"

할머니가 마구 때렸다. 난 가만히 맞고 있었다. 그러다 할머니가 가슴을 쾅쾅 쳤다. 그리고 흐느끼며 말했다.

"미안혀. 할미가… 할미가 못 돌봐서 그런 겨. 할미가 미안혀."

"아니야, 할머니. 내가 미안해. 내가 잘못했어."

"아녀. 네가 오죽 외로웠음 그랬을까. 응?"

할머니는 계속 가슴을 때렸다. 그리고 꺼억 꺼억 소리 내 울었다. 나도 할머니 옆에서 울었다. 한참을 주저앉아 그렇게 울었다.

"희수, 자냐?"

할머니가 나직이 물었다. 난 자는 척 아무 말도 하지
않았다. 등 뒤로 할머니 목소리가 들렸다.

"희수야, 너까정 잘못되믄 할미는 못산다. 할미는 너
때문에 사는 겨. 아이고 불쌍한 내 새끼. 다 잊어 불어
라. 응? 네 잘못 아닝께 다 잊어부러."

할머니가 내 뒤통수를 쓰다듬었다. 때린 팔이랑 다리
도 어루만졌다. 투박한 할머니 손길이 느껴졌다.

눈을 떴다. 할머니가 모로 누워 자고 있었다. 굽은 등
이 더 작아 보였다. 나는 몰래 핸드폰을 켰다. 수혁 오
빠가 걱정하며 괜찮냐고 카톡을 보냈을 게 틀림없었다.
역시 오빠한테 카톡이 와 있었다.

💬 신고? 할 테면 해봐. 학교랑 인터넷에 사진이랑 영상 다 뿌려 버릴

테니까. 오후 11:40

오빠는 그 한마디와 욕설을 남기고 카톡 대화창에서 사라졌다.

'*사랑한다고 했는데…. 사랑… 사랑한다고….*'

나는 대화창을 나가지 못하고 있었다. 핸드폰을 잡은 손이 부들부들 떨렸다. 눈물이 핸드폰 위로 툭 떨어졌다.

파라다이스

파라다이스

'띠링' 하는 소리와 함께 노란 글씨로 알림이 떴다. YES를 눌렀다. 내 아바타 'Dam'이 나왔다. 어렸을 때 할머니가 부르던 내 이름 '담'이다.

◇◇◇

Dam은 곧장 집으로 갔다. 한적한 바닷가에 나무로 지은 작은 집이다. 해담은 다섯 살이 되기 전까지 작은 섬마을 할머니 댁에서 살았다. 돌이켜보면 그때가 가장 행복했던 시간이었다. 해담이 바닷가에 Dam의 공간을 만든 것도 그 이유였다. 문을 열고 들어가면 작은 침대가 보인다. 책상이 벽에 붙어있고 식탁과 흔들의자 하나가 놓여있다. 특이한 건 그랜드 피아노가 집 안에 있다. 좁은 공간에 어울리지 않게 커다랗고 하얀 피아노다. 누구나 처음 파라다이스에 가입할 때 10,000 포인트를 준다. 그 포인트로 자신만의 공간을 만들고 꾸밀 수 있다. 피아노는 접속할 때마다 받은 포인트를 모두 모아 산 아이템이다. Dam은 집에 들어서자마자 피아노로 가려다 창문으로 향했다. '천천히…. 그래, 천천히 하자' 숨을 한 번 크게 쉬고 창문을 열었다. 바닷바람에 머리칼이 흐트러졌다. 코로 들어오는 짭조름한 냄새가 정겨웠다. 파라다이스가 유독 뛰어난 점은 고글에 연결된 전극을 통해 가상 세계를 보다 현실적으로 느끼게 해준다는 것이었다. Dam은 손을 씻고 물기를 깨끗하게 닦아낸 다음 피아노 의자에 앉았다. 피아노 덮개를 조심스럽게 올렸다. 손가락을 가볍게 풀어주고 두 손을 건반 위에 가지런히 놓았다. 잠시 숨을 고르고 조심스럽게 건반을 눌렀다. 맑은소리가 났다. 건반 위 Dam의 하얀 손가락이 천천히 움직이기 시작했다. Dam이 연주하는 곡은 쇼팽의 녹턴 20번이었다. 잔잔하고 섬세한 피아노 선율이 집안을 가득 채웠다. 고글에 연결된 전극이 손가락과 귀 세포를 자극하고 뇌에 전기 자극을 보냈다. 덕분에 해담의 귀에도 아름다운 피아노 선율이 들렸다. 해담은 어느새 눈을 감고 연주에 빠져들었다. 해담의 얼굴이 선율에 따라 미세하게 변했다. 얼마 전 봤던 영화 '피아니스트'에 나온 곡이었다. 영화 속 연주 장면을 보고 얼마나 쳐 보고 싶었던지. 유튜브로 찾아본 동영상으로는 만족할 수 없었다. Dam의 손가락이 신들린 듯 건반 위에서 미끄러지듯 춤을 췄다. 그에 따라 해담의 팔도 격렬하게 흔들렸다. 연주 후 밀려오는 전율에 잠시 몸을 떨었다가 해담은 머릿속에 떠오르는 곡들을 차례차례 연주했다. 격정과 서정을 넘나들며 연주하느라 땀에 흠뻑 젖은 해담의 모습은 흡사 독주회를 마친 피아니스트를 방불케 했다. 그렇게 해담은 자신만의 공간에서 오롯이 혼자만의 시간을 즐겼다.

◇◇◇◇◇◇◇◇◇◇◇◇◇◇◇◇◇◇◇◇◇◇◇◇◇◇◇◇◇◇◇◇◇◇◇◇◇◇

고글을 벗었다. 시계를 보고 놀랐다.

'벌써 이렇게 지난 거야?'

파라다이스에서 보내는 시간이 자꾸 늘어갔다. 알고 있었지만 금방 나오는 일이 생각처럼 쉽지 않았다. 다행히 기숙사에서 같은 방을 쓰는 동화는 주말마다 집에 갔다. 그래서 동화가 없는 금요일 오후부터 일요일까지는 마음 놓고 파라다이스에 접속할 수 있었다. 파라다이스를 알기 전에는 나도 주말마다 집에 갔었다. 하지만 집에서는 빽빽한 과외 스케줄 탓에 온종일 책상에 앉아 있어야 했다. 나는 엄마에게 주말마다 동화와 스터디를 하게 됐다고 거짓말을 했다. 동화 성적이 상위권이라는 걸 알고 있는 엄마는 잘 됐다며 더는 집으로 오라고 재촉하지 않았다. 난 집에 가지 않는 대신 주말을 파라다이스에 빠져 보냈다.

파라다이스는 선우를 통해서 알게 되었다. 선우는 M 중학교에 들어오면서 만난 친구다. 전교생이 기숙사 생활을 하는 M 중학교는 전국에서 알아주는 학교다. M 중학교를 나오면 M 고등학교를 거쳐 최고라는 M 대학교에 갈 확률이 높아 많은 학생, 아니 부모들의 꿈이기도 했다. 엄마의 꿈도 거기 있었다. 불행하게도 내 꿈과 달랐지만. 나는 피아노를 치고 싶었다. 할머니와 헤어져 엄마와 살게 되면서 5살 때부터 피아노를 배웠다. 엄마는 늦은 시간이 되어서야 퇴근을 했기 때문에, 나는 어린이집이 끝나면 피아노 학원에서 놀았다. 거기가 놀

이터고 집이었다. 나는 피아노 치는 걸 좋아했다. 갈수록 향상되는 실력뿐만 아니라 피아노가 만들어내는 소리가 마음에 들었다. 나는 가끔 피아노곡을 만들기도 했다. 그때마다 피아노 선생님은 연주와 작곡에 소질이 있다며 칭찬해주었다. 전국 대회가 공지된 날 피아노 선생님이 나를 추천했다. 나는 엄마에게 대회에 나가고 싶다고 말했다. 무언가를 하겠다고 말했던 건 그때가 처음이었다. 하지만 엄마는 내가 그 말을 한 날 피아노 학원을 그만두게 했다. 대신 입시 학원에 다니게 했다. 5학년 때였다. 엄마는 지금부터 준비해도 M 중학교에 갈 수 없다고 했다. 울고불고 매달렸지만 소용없었다. 엄마는 집에 있던 피아노도 중고로 팔아버렸다. 엄마가 말했다. M 중학교에 가면 그때 다시 피아노를 칠 수 있게 해준다고. 어쩔 수 없었다. 난 공부했다. 피아노를 다시 치고 싶어서. '그래 2년이면 돼' 그렇게 난 엄마가 원하는 중학교에 들어갔다. 하지만 피아노를 칠 수 없었다. 바닥난 시험 성적 때문이었다. 6학년 때까지 1등을 했던 나는 M 중학교 첫 시험에서 반에서는 중간, 전교에서는 하위권 성적표를 받았다. 그건 엄마뿐만 아니라 나에게도 충격이었다. 한 번도 받아본 적 없는 점수였다. 자존심이 바닥났다. 아무리 해도 좁혀지지 않은 점수에 자꾸 포기하고 싶은 생각만 들었다. 난 엄마에게 전학 가고 싶다고 했다. 하지만 받아들여지지 않았다. 어떻게 들어간 학교인데 중간에 포기하는 건 말도 안 된다고 했다. 엄마는 내가 할 수 있을 거라고 했다. 잠을 줄이고 주말에 과외를 한 군데 더 하면 따라잡을 수 있을 거라고. 그런 엄마에게 피아노 얘기를 꺼낼 수 없었다. 나는 점점 지쳐갔다. 버틸 수 있을까 고민하고 있던 어느 날, 선우를 만났다.

선우는 원해서 M 중학교에 왔다고 했다. 여기서도 잘할 자신이 있었다고. 하지만 처음 받아보는 점수에 선우는 부모님 얼굴을 볼 수 없었다고 했다. 그래서 시험 시간에 커닝했고 그게 걸려 경고에다 부모님 면담까지 했다고 했다. 선우는 그때 부모님 눈빛을 잊을 수 없다고 했다. 자신을 한심한 놈이라고 경멸하듯 바라보는 눈빛이 잊히지 않는다고. 그랬던 선우가 어느 날부턴가 밝은 얼굴을 하고 있어서 궁금했다. 내가 무슨 좋은 일

이 있느냐고 물었을 때 선우는 아무것도 아니라고 둘러
댔다. 그러다 내가 과외받기 싫어 기숙사에 남아있을
때 선우가 말했다. '너도 나랑 비슷하구나. 그럼 알려줄
게. 이거야' 하고 선우는 컴퓨터 화면을 가리켰다. 파라
다이스 앱이었다. 선우는 고글을 끼고 두 다리를 벌리
고 오토바이를 타기 시작했다. 잠깐이었지만 고글을 벗
은 선우 얼굴이 환했다. 선우가 말했다. 이렇게라도 바
람을 쐬면 숨통이 트이니까. 그날 이후로 나도 주말마
다 파라다이스에 들어갔다. 나 역시 그곳에 가야 숨을
쉴 수 있을 것 같았다. 미래도 희망도 보이지 않는 감옥
같은 이곳에서 악착같이 버티려면 잠시라도 쉴 곳이 필
요했다.

한동안 선우를 만나지 못했다. 그래도 유일하게 마음
터놓고 얘기하는 친구였는데 통 보이지 않아 궁금했다.
다른 애들은 서로를 경쟁 상대라고 생각하는 분위기 때
문인지 누구도 선뜻 자기 얘기를 하지 않았다. 선우 반
으로 가보니 보이지 않았다. 반 애한테 물었다.
"선우? 요즘 이상해. 아픈지 수업 시간에 잘 안 보여.

부모님이 곧 전학시킨다고 하는 것 같기도 하고."

처음 듣는 얘기였다. 점심시간에 기숙사에 가보니 선우가 창밖을 보고 있었다. 전보다 핼쑥해 보였다.

"선우야."

불렀는데 답이 없었다. 다가가 어깨를 툭 건드리자 선우가 돌아봤다. 핏기 없는 얼굴과 초점 없는 눈빛이 위태로워 보였다.

"무슨 일 있어? 너 전학 간다는 얘기 있던데 맞아?"

"전학? 잘 모르겠어. 여기를 벗어나면 괜찮아질까?"

무슨 말인지 몰라 가만히 있었다. 선우가 말했다.

"난 점점 모호해지는 것 같아. 내가 여기 살아있는 게 맞는지 숨 쉬고 있는 게 맞는지 모르겠어. 해담아, 넌 실제와 가상 세계가 다르다고 생각해?"

"무슨 말이야? 파라다이스 말하는 거야?"

"그래, 난 거기 있어야 해. 지금 여기 말고. 아, 맞다. 거기에서 연우가 기다린다고 했는데. 고글, 고글 어딨지?"

선우가 허둥대며 고글을 찾았다.

"야, 정신 차려. 지금 점심시간이야. 너 그러다 걸리면 퇴학이라고."

"해담아, 나 거기 가야 하는데. 어떻게 하지? 여긴 내가 사는 세상이 아니야. 해담아, 나 지금 어디에 있는 거야?"

갑자기 문이 열렸다. 선우 부모님과 선생님이 들어왔다.

"선우야, 가자."

선우 엄마가 짐을 챙겼다. 선우 아빠는 굳은 얼굴이었다. 선우가 멍한 얼굴로 우두커니 서 있자 부모님이 양팔을 하나씩 잡고 끌어당겼다.

"엄마, 아니야. 내가 살 곳은 여기가 아니라고."

선우가 울부짖으며 날 돌아봤다. 그 후 선우를 다시 볼 수 없었다.

시험을 봤다. 꼴찌를 겨우 면했다. 엄마에게 성적을 알려야 하는데 도저히 용기가 나지 않았다. 말해도 마찬가지일 거였다. 늘 그렇듯 엄마는 화내다 울고 다시 토닥이며 나에게 말할 거다. 잠을 줄이고 더 열심히 하면 따라잡을 수 있을 거라고. 마음이 답답했다. 목까지 조여지는 느낌이다. 고민하다가 음악 선생님을 찾아갔다.

"음악실은 왜? 학생은 아무 때나 사용할 수 없는 거 몰라?"

음악 선생님이 흘기듯 보며 말했다.

"피아노를 좀 치고 싶어서요."

겨우 한 대답에 선생님의 날카로운 시선이 꽂혔다.

"피아노? 내일 수학 평가 있지 않니? 가서 수학 문제 하나라도 더 푸는 게 좋지 않을까?"

난 그냥 돌아섰다.

"쯧쯧, 저러니 성적이 바닥이지."

선생님이 중얼거리는 소리가 들렸다.

오랜만에 파라다이스에 접속했다. 선우가 그렇게 학교를 떠난 후 처음이었다.

파라다이스에 오신 걸 환영합니다. 접속하시겠습니까?

'띠링' 하는 소리와 함께 노란 글씨로 알림이 떴다. YES를 눌렀다. 그런데 다시 빨간색 창 하나가 떴다.

장시간 사용자로 분류되었습니다. 앱을 오랜 시간 사용 시

머뭇거리다 동의했다. 이번이 마지막 접속이라 다짐했다. 아바타 Dam이 나왔다.

◇◇◇◇◇◇◇◇◇◇◇◇◇◇◇◇◇◇◇◇◇◇◇◇◇◇◇◇◇◇◇◇◇◇◇

Dam은 곧장 피아노 의자에 앉았다. 쇼팽의 '녹턴'으로 시작해 엘가의 '사랑의 인사', 이루마의 'River flows in you', 조지 윈스턴의 'Thanksgiving'까지 연달아 연주했다. 흰 건반, 검은 건반 위를 나풀거리며 움직이는 Dam의 손가락이 춤추는 발레리나 같았다. 고요한 피아노 선율이 바닷가 작은 집 안에 그리고 해담의 귀에 흘렀다. 슬픔인지 기쁨인지 모를 눈물이 두 뺨 위로 흘러내렸다. 마지막으로 해담이 만든 곡을 연주할 차례였다. 두 손을 피아노 위에 가지런히 올려두고 길게 숨을 뱉었다. 그리고 손가락을 천천히 움직였다. 열 개의 손가락에 온정신을 쏟아 한 음 한 음 정성껏 눌렀다. 건

반 위에서 만들어진 아름다운 멜로디가 때로는 잔잔하게 때로는 강렬하게 해담의 마음속에 바람을 불러일으켰다. 해담은 생각했다. '언젠가 다시 너를 만날 수 있을 거야. 그때는 꼭 현실에서 만나고 싶어' 고글 사이로 눈물 한 방울이 떨어졌다. 연주가 절정으로 치닫고 있었다. 건반 위 Dam의 손놀림이 빨라졌다. 손가락이 보이지 않았다. 폭풍우가 휘몰아치듯 격정적으로 내달리는 하얀 손가락. 해담의 얼굴은 어느새 땀으로 흥건했다. 해담은 피아노와 하나가 된 듯했다. 마지막 음을 남겨두고 벅찬 감동으로 가슴이 터질 것 같았다. 그때였다. '퍽'하는 둔탁한 소리와 함께 화면이 꺼졌다.

◇◇◇◇◇◇◇◇◇◇◇◇◇◇◇◇◇◇◇◇◇◇◇◇◇◇◇◇◇◇◇◇◇◇◇◇◇◇

　급히 손가락을 움직여보았지만 아무런 소리도 나지 않았다. 길을 잃은 손가락들이 허공에서 방황하고 있었다. 나는 고글을 벗었다. 돌아보니 엄마가 서 있었다. 손에 전원 코드가 들려있었다.

　"전화해도 통화도 안 되고 집에도 안 와서 와봤더니 이게 뭐야? 너 매주 이랬던 거야?"

　엄마가 날카로운 소리를 질렀다. 나는 울부짖었다.

"얼른 전원 켜. 켜라고! 제발!"

"지금 이딴 거 할 때야? 너 미쳤어?"

엄마가 고글을 낚아챘다.

"마지막으로 쳐 보려 했던 거라고…. 마지막으로."

끝맺지 못한 음표들이 바닥으로 떨어져 뒹굴었다. 내 몸도 같이 떨어지고 있었다.

정글

정글

"학교는 어땠어?"

현관에 들어서자마자 엄마가 물었다.

"괜찮았어."

대충 둘러대고 방에 들어가려는데 엄마가 다시 물었다.

"애들은? 담임 선생님은?"

숨 쉴 틈도 없이 엄마의 질문이 쏟아졌다. 내가 피곤한 얼굴로 돌아보자 엄마가 겸연쩍은 표정을 지었다.

"미안, 궁금해서. 얼른 들어가 쉬어."

그런 엄마를 보고 그냥 들어갈 수가 없었다.

"가방만 놓고 나올게."

나는 방에다 가방을 벗어놓고 편한 옷으로 갈아입었

다. 그리고 식탁 앞에 앉았다. 엄마가 시원한 음료수를 내주며 나를 빤히 바라봤다. 무슨 얘기라도 해달라는 듯.

"전학 온 첫날이라 잘 모르겠어. 그냥 담임은 좀 엄격한 편인 것 같고 반 애들은 공부에 관심이 많은 것 같아. 수업 시간에 떠드는 애들도 별로 없고. 애들끼리도 사이가 괜찮아 보였어."

솔직히 애들이나 담임에 대해 아는 게 없었다. 전학 인사를 하고 종일 자리에 앉아 말없이 있다 왔을 뿐이니까. 하지만 뭐라도 말을 해야 엄마가 안심할 것 같아 일단 생각나는 대로 이야기했다. 다행히 엄마는 안도하는 것 같았다.

"그래? 다행이다. 엄마가 담임 선생님한테 얘기할까 하다가….."

엄마가 내 눈치를 보며 말끝을 흐렸다.

"괜히 말해서 좋을 거 하나도 없어."

"그렇지?"

"응, 그리고 나 이제 공부하기에도 바빠."

대번에 엄마 얼굴이 환해졌다. 그런 엄마를 보며 다짐

했다. 다시는 나 때문에 힘들게 하지 않겠다고.

애들끼리 사이가 괜찮아 보였던 건 착각이었다. 다음 날 교실에 가니 전날 못 봤던 애가 앉아 있었다. 키가 크고 덩치가 큰 애였는데 내 자리로 오더니, 명령하듯 말했다.

"전학 왔냐? 앞으로 뭔 일 있어도 모른 척해라."

무슨 말인지 몰랐지만 일단 고개를 끄덕였다. 나 역시 어떤 경우든 얽히고 싶지 않았으니까. 쉬는 시간이 되자 나는 그 애가 왜 그 말을 했는지 알 수 있었다. 수업 시간이 끝나고 담임이 나가자 그 애와 몇 명 애들이 안경 낀 아이 주변으로 모여들었다. 한눈에도 왜소해 보이는 그 애는 고개를 조금 숙인 채 앉아 있었다.

"아이 씨, 오늘까지 돈 가져오라고 했잖아."

덩치가 윽박지르듯 목소리를 높였다.

"아직 용… 용돈을 못 받아서."

겁에 질린 듯 기어들어 가는 목소리가 들렸다.

"그건 네 사정이고."

"미안."

"미안하면 다냐? 이 새끼가 말하면 듣지를 않아."

덩치가 발로 의자를 차자 그 애가 바닥에 엉덩방아를

찢었다. 안경이 날아갔다. 두 명의 애들이 발로 그 애를 찼다. 그 애는 웅크려 앉은 채 두 손으로 얼굴을 감싸고 있었다. 덩치가 가방을 거꾸로 들었다. 가방 안에 있던 물건들이 와르르 쏟아졌다. 반 아이들이 잠시 그쪽으로 고개를 돌리더니 아무 일도 아니라는 듯 못 본 체했다. 나 역시 똑바로 고개를 들지 못하고 흘긋거리고 있었다.

"새 문제집이네? 너 공부하지 말라고 했지?"

"학원에서 필요해서."

"문제집 살 돈은 있는데 우리 줄 돈은 없냐? 겁대가리 없네."

덩치가 소리치더니 필통으로 그 애 머리를 세게 내리쳤다. 둔탁한 소리가 났다. '억' 그 애가 외마디 비명을 내지르고는 머리를 감싸고 뒹굴었다.

"야, 담임 온다."

문 앞에 있던 한 명이 소리치자 몰려있던 애들이 일사불란하게 자리로 돌아갔다. 머리를 감싸고 있던 그 애는 힘겹게 일어나 의자를 바로 놓았다. 그리고 더듬거리며 떨어진 안경을 찾아 썼다. 담임이 문을 열고 들어왔다. 순간 교실이 쥐 죽은 듯 조용했다. 마치 아무 일도 없었던 것처럼.

"야, 정은조. 너는 왜 머리를 싸잡고 있어?"

그 애 이름이 정은조였다. 담임이 묻자 애들이 정은조를 돌아봤다. 하지만 조금 전 일에 대해 말하는 애는 아무도 없었다.

"무… 문에 머… 머리를 부딪쳐서요."

정은조가 들릴 듯 말 듯 작은 소리로 더듬거리며 말했다. 일부러 고개를 꺾지 않고서는 웬만해선 교실 문에 정수리를 부딪치기는 쉽지 않다. 하지만 담임은 더 묻지 않았다.

"조심 좀 해라. 좀."

그렇게 대꾸하고는 끝이었다.

수업이 끝났다. 덩치가 빗자루 하나를 가지고 오더니 정은조 배를 꾹 찔렀다.

"야, 나 대신 청소하고 내일까지 돈 가지고 와. 긴말 안 한다."

그 애가 나가자 몇 명 무리가 따라 나갔다. 교실에 있는 애들이 덩달아 한마디씩 했다.

"나도 오늘 학원 가야 해서."

"혼자서도 괜찮지?"

분명 청소 당번이 네 명이었는데 정은조만 남았다. 나는 어떻게 해야 하나 망설이다 그냥 책가방을 들었다. 청소 당번도 아닌데 괜히 남았다가 덩치 귀에 들어가면 무슨 일을 당할지 몰랐다. 무엇보다 다시는 다른 사람 일에 끼고 싶지 않았다. 나서기 전 갑자기 생각나 그 애한테 동전 두 개를 내밀었다. 덩치가 정은조 가방을 뒤집었을 때 내 자리로 굴러왔던 거였다.

"뭐… 뭐야?"

"너 가방에서 떨어진 거."

정은조가 내 손바닥에 자기 손가락이 닿지 않게 조심하며 동전 두 개를 집었다. 그리고 헤벌쭉 웃었다.

"고… 고마워."

교실 문을 나서려는데 정은조가 말했다.

"잘 가."

정은조가 빗자루를 들고 손 인사를 했다. 나는 주변을 살폈다. 아무도 없는 걸 확인하고 고개를 끄덕였다. 밖에서 보니 정은조가 빗자루로 교실 바닥을 쓸고 있었다. 아픈지 가끔 정수리를 만지기도 했다. 난 정은조를 보며 진수를 떠올렸다.

진수는 이전 학교 같은 반 친구였다. 중학교에 와서 새로 만났지만 통하는 게 많아서 금방 친해졌다. 진수는 특히 게임을 잘했다. 그래서 몇 애들이 대신 게임을 해달라고 부탁하곤 했다. 그러다 이경호라는 다른 반 애가 찾아왔다. 경호는 대신 게임을 해달라고 했고, 거절을 못 하는 진수는 가끔 경호 아이디로 들어가 게임 레벨을 올려주고 아이템을 얻어주곤 했다. 이후 경호와 진수는 종종 어울렸고, 그런대로 사이가 괜찮아 보였다.

주말에 나는 진수와 가끔 농구를 했었는데 어느 날부터 진수가 나오지 않았다. 만나는 시간이 줄면서 우리는 점차 사이가 멀어졌다. 그러던 어느 날 점심시간에 경호와 다른 세 명의 친구가 교실로 진수를 찾아왔다. 경호가 씩씩대며 말했다.

"야, 내가 산 게임 아이템 없어진 거 네가 그런 거지? 그게 얼마나 비싼 건데."

"아니라고 했잖아. 진짜 난 모른다고."

진수가 억울하다는 듯 말했다.

"좋은 말 할 때 말해."

경호가 갑자기 진수 멱살을 잡았다.

"아니라고."

진수가 멱살 쥔 손을 잡고 낑낑거렸다.

"야, 아니라잖아."

내가 나서자 주변 아이들도 그만하라고 거들었다. 경호가 주변을 둘러보더니 멱살을 놓고 교실 밖으로 나갔다. 그날 이후부터 무슨 일인지 진수는 말수가 줄었고 잘 웃지도 않았다. 수업 시간에도 멍한 표정으로 창밖을 봤다. 지각하는 날이 많았고 안 하던 결석도 했다. 가끔 쉬는 시간이나 점심시간에 어디론가 사라졌다가 교실로 돌아오면 배를 움켜쥔 채로 앉아 있곤 했다.

그렇게 두 달쯤 지난 어느 날 진수한테 오랜만에 전화가 왔다.

"농구 할래?"

워낙 오랜만이라 뜬금없어서 아무 말도 하지 못했다.

"아, 미안."

짧게 말하더니 진수가 급하게 전화를 끊었다. 이번이

아니면 진수와 더 멀어질 것 같아 나는 다시 진수에게 전화했다. 어색함도 잠시 우리는 이전처럼 신나게 농구를 했다. 몸을 부대끼며 놀다 보니 다시 가까워진 것 같았다.

"라면 먹을래?"

농구를 하고 나면 꼭 진수네서 라면을 먹곤 했었는데 그게 기억났는지 진수가 물었다. 우린 오랜만에 함께 진수 집에 갔다. 진수가 옷을 갈아입는다며 방으로 들어갔다.

"진수야, 물 어딨어?"

목이 말라서 물을 찾다 방문을 열었는데 윗옷을 벗은 진수와 눈이 마주쳤다. 그런데 몸 여기저기에 시퍼런 멍이 보였다.

"야, 너 몸이 왜 그래?"

내가 놀란 얼굴로 물었다.

"아… 아무것도 아니야."

진수가 어색하게 웃고는 황급히 손을 내저었다. 진수가 말하기 곤란해 보여 더 물을 수가 없었다. 라면을 먹고 있는데 진수 핸드폰이 울렸다. 진수가 핸드폰 화면을 확인하더니 갑자기 젓가락 든 손을 벌벌 떨었다. 전화벨이 끈질기게 울렸다. 진수가 얼굴이 하얗게 질려서는 손톱을 물어

뜯었다.

"야, 너 왜 그래? 괜찮아?"

"……."

"엄마한테 전화해줄까?"

"안돼."

진수가 잔뜩 겁먹은 표정으로 고개를 저었다.

"무슨 일인데 그래?"

물어도 진수는 고개만 숙이고 있었다. 내가 여러 번 되묻자 진수가 길게 한숨을 쉬었다. 그리고 울먹이며 말했다.

"이경호랑 애들이 괴롭혀. 학교에서는 화장실이나 화단 뒤 안 보이는 곳에서 때리고 집에 찾아와서 돈이랑 시계도 가져가고."

"저번에 아이템 없어졌다고 했을 때부터 그런 거야?"

"응. 진짜 나는 모르는 일인데 그만하라고 해도 더 심하게 때리니까."

"그럼, 네 몸에 있던 멍도?"

진수가 천천히 고개를 끄덕였다. 진수 눈에 눈물이 고였다.

"몰랐어. 계속 괴롭힘당하고 있는 줄은."

"몰래 괴롭히니까. 안 보이는 곳에서만."

"부모님이나 선생님한테 말해보자."

"안 돼. 더 심하게 괴롭힐 거야. 지금도 죽을 것 같아. 너무 힘들어서 콱 죽고 싶은데 엄마 아빠 생각하면 그렇게 못하겠어. 다 내가 못나서 그래."

진수가 손등으로 눈물을 훔치더니 코를 훌쩍거렸다. 온몸에 멍이 들고 전화만 와도 무서워 벌벌 떨고 있는 진수를 보니 마음이 답답했다.

고민 끝에 담임한테 편지를 썼다. 우리 반에 학교 폭력을 당하는 애가 있으니 꼭 도와 달라고 간절하게 적었다. 진수가 위험해질까 봐 이름을 밝히지는 않았다. 편지를 몰래 책상 위에 놓고 온 다음 날 교실에 들어서니 분위기가 좋지 않았다. 담임이 성난 얼굴을 하고 교탁 앞에 서 있었다.

"우리 반에 학교 폭력을 당하는 애가 있어? 이게 다 무슨 말이야?"

선생님 고함에 교실이 순간 조용해졌다. 아무도 입을

열지 못했다.

"학교 폭력 당하고 있는 애 있으면 손들어봐!"

서로 고개만 돌릴 뿐 아무도 손을 들지 않았다. 진수와 눈이 마주쳤다. 진수가 날 째려보더니 고개를 푹 떨어뜨렸다.

"누가 이따위 글을 쓴 거야?"

선생님이 내가 썼던 편지를 흔들어댔다. 가슴이 콩닥거렸다.

"학교 폭력이 얼마나 큰일인 줄 알아? 우리 반에서 이런 글이 나왔다는 것만으로도 너네는 잘못한 거야. 알아?"

우리는 모두 겁에 질린 얼굴로 숨소리도 제대로 내지 못했다.

"다 같이 의자 들어. 얼른."

우리는 의자를 머리 위로 올렸다.

"내 교실에서 학교 폭력의 '학' 자도 나와서는 안 돼. 알았어? 더 높이 들지 못해!"

팔이 후들거렸다. 여기저기서 끙끙 앓는 소리가 새어 나왔다. 담임은 우리를 자리에 앉게 하고는 내 편지를 찢어 쓰레기통에 던졌다. 담임이 나가자 아이들이 웅성거렸다.

"누구냐, 저런 글 쓴 게."

"글씨체 확인해보면 되지."

몇 애들이 쓰레기통을 뒤져 편지를 짜 맞췄다.

"솔직히 먼저 자수해라."

"팔 아파 죽겠네. 진짜."

편지를 살펴보던 아이 중 한 애가 말했다.

"이거 강지호 글씨 아냐?"

애들이 나를 돌아봤다. 난 부정도 긍정도 할 수 없었다. 그냥 얼빠진 표정으로 서 있을 수밖에 없었다. 그날 이후 난 우리 반에서 은따가 되었다. 그리고 다른 반까지 소문이 나면서 이경호는 진수 대신 나를 괴롭히기 시작했다. 난 견디다 못해 엄마에게 말했고 결국 부랴부랴 전학을 가게 되었다. 이후 진수는 어떻게 되었는지 모른다. 내가 전학 가는 날 창문으로 날 보고 있던 진수를 본 게 마지막이었다. 그렇게 전학을 오면서 난 엄마와 약속했다. 아니 스스로 다짐했다. 다시는 다른 사람 일에 상관하지 않겠다고.

"학교는 어땠어?"

집에 오자마자 엄마가 또 물었다.

"엄마, 이제 걱정하지 않아도 된다니까."

내 답변에 엄마가 웃으며 고개를 끄덕였다.

"참, 우리 아랫집에도 너랑 같은 학교 애가 살더라."

"그래?"

"어제 304호에 과일주면서 인사했거든. 거기 아줌마랑 이런저런 얘기 하다 알게 됐지. 어찌나 아들 자랑을 하던지. 분리수거에 음식물 쓰레기도 알아서 버리고 장봐오면 1층까지 내려와서 꼭 물건도 들어다 준다던데? 일하느라 늦게 들어가면 설거지도 가끔 해 놓고. 아빠가 없어서 철이 일찍 들었다고 은근히 자랑하던데. 참, 이름이 뭐라더라? 은조라던가?"

"뭐? 정은조?"

"맞아. 정은조. 너도 아는 애구나?"

"있어. 우리 반 왕따."

나도 모르게 말이 나와버렸다. 아차 싶었지만 이미 늦었다. 엄마가 정색하고 물었다.

"너희 반 왕따? 너 혹시 또."

"아니야, 걔랑 말도 한 번 안 해봤어."

"진짜지? 하필이면 전학 간 데가 왜 또 그러니? 내가 어제 괜히 아랫집 갔다 왔나 보다. 어휴, 엄마도 다시는 그 집 안 갈 거니까 너도 걔랑 가깝게 지내지 마. 너한 테 불똥이라도 튀면 어쩌려고 그래. 알았지? 응?"

"알았어."

"지호야, 지난 학교에서도 봤지? 남 도와주면 어떻게 되는지. 너 먼저 살길을 찾아야 하는 거야. 엄마 말 무슨 뜻인지 알지?"

엄마가 불안한 표정으로 물었다. 난 천천히 고개를 끄덕였다.

아직 정은조가 학교에 오지 않았다. 덩치는 심심한지 교실을 돌아다니며 다른 애들을 괴롭혔다.

"처맞기 싫으면 보지 마라."

덩치는 애들을 윽박지르고, 좋아 보이는 물건을 서슴 없이 만지작거렸다.

"정은조는 왜 안 와?"

"그러게."

애들이 불만스러운 표정으로 낮게 읊조렸다. 애들은 정은조가 필요했다. 자신들을 대신해 맞아주고 괴롭힘 당해 줄 아이. 정은조는 성난 괴물을 위해 바쳐진 제물이었다. 뒷문이 열리고 정은조가 들어왔다. 몇 애들이 안도하는 눈치였다. 기다렸다는 듯 덩치랑 두 명의 애가 정은조 자리로 갔다.

"돈은?"

정은조가 가방에서 주섬주섬 꺼내 책상 위에 돈을 올려놓았다. 천원 지폐 여러 장이 보였다.

"오천오백 원?"

덩치가 코웃음을 쳤다.

"아… 아직 용돈을 못 받아서. 저… 저금통에 있는 거 다 가져온 거야."

정은조가 더듬으며 말했다.

"이 새끼가 누구를 거지로 아나?"

한 아이가 정은조 얼굴 앞으로 주먹을 들어 올렸다. 덩치가 제지하며 말했다.

"안 보이는 데 때리라니까. 이렇게."

덩치가 정은조 배를 발로 힘껏 찼다.

"윽."

정은조가 배를 움켜쥐고 엎드리자 다른 두 명의 애들이 등과 머리를 주먹으로 때렸다. 심하다 싶을 만큼 주먹질과 발길질이 거세졌다. 나는 다른 애들을 둘러봤다. 바로 옆에서 폭력이 일어난다고 느껴지지 않을 만큼 애들은 아무런 동요도 하지 않았다. 갑자기 가슴이 뛰고 주먹이 쥐어졌다. 자리에서 일어나려다 불현듯 엄마 생각이 났다. 이전 학교에서 있었던 일들도 떠올랐다. 난 가방에서 무선 이어폰을 꺼내 귀에 꽂았다. 볼륨을 크게 올리고 책상 위에 고개를 파묻었다. 얼마나 지났을까? 정은조가 내 책상 앞자리에 쓰러졌다. 아마 덩치가 발로 찼거나 밀었나 보다. 정은조가 나를 봤다.

'도와줘, 제발.'

간절한 그 눈과 마주쳤다. 겨우 벌린 입을 벙긋거리며 그 애가 말을 하고 있었다.

'살려줘. 무서워.'

덩치와 다른 애들이 다가와서 그 애 멱살을 잡고 끌고 갔다. 나는 눈을 감았다. 수업 종이 울리고 폭력이 멈췄다. 2교시가 끝나자 정은조는 조퇴를 한다며 가방을 메고 교실 밖으로 나갔다. 창으로 그 애 모습이 보였다. 다리를 다쳤는지 오른 다리를 질질 끌고 걸어가고 있었다. 축 처진 어깨가 금방이라도 쓰러질 듯 위태위태했다. 정은조는 많이 아픈지 걷다가 멈추었다가를 반복하면서 교문 쪽으로 천천히 걸어갔다. 나는 그 애 모습이 멀어질 때까지 보고 있었다. 그러다 갑자기 속이 울렁거렸다. 토할 것 같아 급히 화장실로 달려갔다. 아침 먹은 걸 다 게워냈다. 구역질하고 나서도 울렁거리는 속이 가라앉지 않았다. 보건실에 가는 걸 허락받으러 교무실로 갔다. 교무실에 들어서니 담임의 신경질적인 목소리가 들렸다.

"에이, 전화 통화도 안 되고."

"누구요?"

옆에 앉은 선생님이 물었다.

"아까 조퇴한다고 왔던 애 있잖아요. 정은조라고. 맨날 어디 아프고 다치고. 오늘도 아프다고 조퇴한다고 해서 집에 전화했는데 받지를 않네요. 말도 행동도 어찌나 느린지. 우리 반에서 제일 물러터지고 답답한 애예요."

담임의 한숨 소리가 들렸다. 난 그대로 교무실을 빠져 나왔다.

다음 날 1교시가 시작되었는데도 정은조가 학교에 오지 않았다. 담임도 1교시가 한참 지나서야 교실에 들어왔다.

"정은조가… 사고를 당했다."

담임이 비통한 얼굴로 짧게 말했을 때 처음에 무슨 말인지 이해하지 못했다.

"무슨 사고요?"

덩치가 물었다.

"산에서 추락했다는데, 발견됐을 때 이미…. 더 묻지 말아라."

담임이 길게 한숨을 쉬었다.

"비상 상황이니까 경거망동하지 말고."

담임이 교실로 걸려 온 전화를 받더니 칠판에 '자습'이라는 두 글자를 쓰고 밖으로 나갔다. 쥐 죽은 듯 조용했던 교실이 웅성거렸다.

"야, 우리 괜찮을까?"

한 애가 묻자 덩치가 비아냥거리며 말했다.

"전에 아빠가 그랬는데 판사 앞에서 눈물 한 번 흘리면 된다고 했어. 뭐 막말로 우리가 죽였냐?"

"그래, 우린 잘못 없지. 지가 산 가다가 떨어진 걸 어쩌라고."

"에이, 아침부터 그 새끼 때문에 기분 개 같네. 퉤."

또 다른 목소리도 들렸다.

"아이, 이제 우리 어쩌냐."

"바람막이 좀 길게 가나 했더니."

그게 끝이었다. 애들은 평소와 같았다. 같은 교실에 있던 애가 죽었는데 슬퍼하는 애가 아무도 없었다. 갑자기 가슴이 꽉 막힌 것처럼 답답했다. 속이 울렁거리고 숨이 잘 쉬어지지 않았다. 그곳에 있다가는 죽을 것 같았다. 나는 몰래 교실을 빠져나왔다. 실내화를 신은 채로 집으로 내달렸다.

집에 들어서자 엄마가 놀라서 물었다.

"무슨 일이야? 어디 아파?"

"엄마, 정은조가… 정은조가…."

그때 문밖에서 다급한 초인종 소리와 함께 문 두드리

는 소리가 났다.

"지호 엄마. 지호 엄마, 집에 있어요?"

아래층 아줌마였다. 엄마가 문손잡이를 잡았다.

"우리 애가… 은조가 죽었다는데… 산에서 떨어졌다는데…."

아줌마가 울부짖고 있었다. 엄마가 손잡이를 놓고 놀란 눈으로 나를 돌아봤다.

"뭐 들은 거 없어요? 우리 애가 왜 학교 수업도 안 마치고 산에 가서 죽었는지, 학교도 모른다고 하고 아무 말도 안 해주는데…. 지호 엄마, 뭐 아는 거 없어요? 우리 은조 억울해서 어째요. 나는 이렇게 못 보내요. 지호야, 지호야! 어흐흐흑."

숨넘어갈 듯 우는 소리가 문을 타고 들어왔다. 엄마는 얼어붙은 듯 그 자리에 서 있었다. 잠시 후 질질 신발을 끌고 계단 내려가는 소리가 들렸다. 엄마가 다가와 심각한 표정으로 물었다.

"어떻게 된 거야? 응?"

"엄마, 정은조가 죽었대. 근데 애들은 아무렇지도 않은가 봐. 어떻게 그래? 응? 모두 괴물들 같아. 엄마."

나는 흐느꼈다.

"엄마, 어제 정은조가 살려달라고 했는데…. 도와 달라고 했는데…. 내가 모른 척했어."

"지호야."

엄마가 나를 끌어안았다.

"엄마, 걔가 나를 보면서 말했는데 내가, 내가…."

가슴을 움켜잡았다. 눈물이 뺨을 타고 계속 흘러내렸다.

"지호야, 괜찮을 거야. 넌 잘못 없어."

"아니야. 엄마, 정글에서는 혼자 살 수 없잖아. 누군가는 도와줘야 하는 거잖아. 근데 나는…. 나는."

몸이 덜덜 떨리고 눈물이 왈칵 쏟아졌다. 엄마 눈에서도 눈물이 흘러내렸다.

"미안해. 정말 미안해. 미안해."

엄마 품에서 같은 말을 중얼거렸다. 주인 없는 말이 허공을 맴돌았다.

첫
사
랑

첫사랑

카페에 들어섰다. 고등학생이 되더니 주말에도 도서관에 간다며 흐뭇하게 웃던 엄마 얼굴이 떠올라 잠깐 미안해졌다. 안쪽 구석진 자리를 찾아 앉았다. 약속된 시간까지 20분 정도 남았다. 핸드폰을 보니 포털 검색 제일 위쪽에 '얼굴 없는 가수 미성, 제2의 전성기'라는 문구가 떴다. 때마침 카페에서 기타 연주와 함께 노래가 흘러나왔다.

'우리 함께 보낸 시간이 너에겐 우정이었을까, 사랑이었을까.'
'우리 함께 보낸 시간이 나에겐 우정이었을까, 사랑이었을까.'

"최근 리메이크되어 역주행하고 있는 곡이죠. 미성의 '첫사랑'입니다. 들어보시죠."

라디오 진행자의 멘트가 이어지고 부드러운 음색의 목소리가 들렸다. 나는 의자에 몸을 깊숙이 기대고 눈을 감았다.

중학교 2학년 첫날이다. 평소처럼 뒷문으로 들어섰다. 존재감 없이 학교에 다녔던 터라 새 학년이 되었다는 기대감과 설렘은 전혀 없었다. 오히려 새로운 아이들과 담임 선생님을 만나 다시 적응해야 하는 일이 귀찮았다. 첫날이라 정해진 자리가 없었다. 구석진 창가 자리가 좋아서 1분단 제일 뒤쪽에 앉으려 했는데 누군가 벌써 자리를 차지하고 있었다. 할 수 없이 2분단 제일 끝에 앉았다. 할 일이 없어 책을 꺼내 놓고 한 손으로 턱을 괴고 있었다. 책은 방해하지 말라는 의미로 꺼내 놓은 거라, 나는 슬며시 눈을 감았다. 그때 누군가 책상 위를 두드렸다. 약간은 게슴츠레한 눈으로 소리 나는 쪽을 돌아봤다. 1분단 제일 뒤에 앉은 하얀 얼굴의 남자애가 웃고 있었다.

'누군데 나를 보고 웃는 거야.'

나는 눈을 크게 뜨고 그 애를 보았다. 매끈하고 갸름한 얼굴에 진한 눈썹, 속쌍꺼풀 진 눈, 오뚝한 콧날과 또렷한 이목구비에 눈이 번쩍 뜨였다.

"누구?"

내가 물었다. 얼굴이 조금 화끈거렸다.

"야, 나 몰라? 이도훈. 6학년 때 같은 반이었잖아."

'6학년 때? 키 작고 삐쩍 말랐던 그 이도훈?'

나는 놀란 눈으로 다시 쳐다보았다. 얼핏 보니 장난기 있던 그때 얼굴이 희미하게 남아있는 것 같았다. 하지만 작고 천덕꾸러기였던 그 애가 어떻게 2년 만에 이렇게 멋있는 남자애로 성장할 수 있는 건지, 정말 그렇다면 왜 그런 기적은 나한테는 전혀 적용되지 않은 건지 생각하며 난 잠시 멍해졌다.

"진짜 생각 안 나? 난 너 뒷문으로 들어올 때 딱 알아봤는데."

도훈이가 서운한 표정을 지었다.

"아니야, 생각났어. 그때는 키가 작았던 것 같아서."

"한 20cm는 컸어. 몸무게도 좀 늘고. 초등학교 때 애들 만나면 처음에는 못 알아보기도 하더라."

"20센티? 와."

입이 벌어졌다. 나는 초등학교 때와 달라진 게 별로 없었다. 아니 조금 달라진 게 있다면 체중이 조금 불었다는 거. 교복 치마를 애들처럼 올려 입고 싶지만 그러기에는 남들 눈에 비칠 내 다리가 부끄럽다는 거. 달라진 거라면 그거였다.

"작년에 몇 반이었어?"

도훈이가 물었다.

"3반."

"같은 층이었는데 왜 못 봤지?"

도훈이가 고개를 갸웃거렸다.

'내가 교실 밖을 잘 안 나갔으니까. 혼자 책 읽고 무언가 끄적이는 것 말고는 관심받는 것도 주는 것도 다 싫어하니까.'

"뭐 그럴 수도 있지."

내가 대수롭지 않게 말했다. 우린 초등학교 때 있었던 일들을 생각나는 대로 이야기했다. 앞뒤로 앉아 떠

들다 복도에서 벌선 일, 청소 시간에 도망간 도훈이를 선생님한테 일러서 싸웠던 일, 피구 시간에 도훈이가 던진 공에 맞아서 울었던 일, 소풍 날 도훈이가 김밥을 안 싸 와서 같이 먹었던 일 등 주로 안 좋았던 기억이 많았지만, 지나간 추억은 그런 시간도 아름답게 포장되는 것 같았다. 특히 한 쪽이라도 이렇게 멋있게 변해있다면 말이다. 도훈이와 이런저런 이야기를 하는데 앞에 앉은 여자애들이 자꾸 우리 쪽을 쳐다보고는 속닥거렸다. 그런데 그 시선이 나쁘지 않았다. 난생처음 받는 질투인지 시기인지 부러움인지 모를 그 시선이 오히려 나를 조금 들뜨게 했다.

  며칠 사이 우리 반 여자애들이 하나둘씩 친한 척을 하며 먼저 다가왔다. 그런데 조금 가까워졌다 싶으면 애들은 여지없이 도훈이에 대해 물어왔다.
  "어떻게 아는 사이야?"
  "도훈이 초등학교 때는 어땠어?"
  "여자 친구는 있어?"
  "얼마나 친해?"

하지만 도훈이에 대해 많이 아는 건 나보다 그 애들이었다. 나는 애들을 통해 도훈이가 가수 지망생이라는 것과 몇 군데 오디션을 봤고 최근 유명한 엔터테인먼트에 최종 합격해 연습생이 되었다는 사실을 알게 되었다. 또 그동안 청소년 잡지 모델도 하고 가끔 단역으로 드라마나 영화에 출연했다는 얘기도 듣게 되었다. 도훈이는 이미 여자애들 사이에서 꽤 인기가 있지만, 여자애들이랑은 별로 안 친하다고 했다. 그래서 도훈이가 나랑 편하게 이야기하는 걸 봤을 때 무척 놀랐다며 여자애 몇 명이 눈을 가늘게 뜨고 우리 사이에 대해 캐묻기도 했다.

"혹시 사귀는 건 아니지?"

"설마. 그럴 리가."

"말도 안 돼."

정작 나는 아무 말도 안 했는데 자기들끼리 난리였다. 애들은 도훈이가 예쁘지도 그렇다고 특별하지도 않은 나와 사귄다는 건 절대 있을 수 없는 일이라고 생각하는 것 같았다.

"그냥 동창이야."

"그럴 줄 알았어."

"당연히 그렇지."

애들이 까르르 웃었다. 기분이 좋지 않았지만 대꾸하고 싶지 않았다. 여자애들은 내가 도훈이와 그저 동창일 뿐 도훈이에 대해 아는 게 별로 없다는 걸 알자 점차 멀어져갔다. 그렇다고 1학년 때처럼 혼자는 아니었다. 나는 지혜라는 애와 친구가 되었다. 지혜 역시 먼저 다가왔지만, 도훈이에 대해서는 아무것도 묻지 않았다. 지혜는 도훈이에게 별 관심이 없는 것처럼 보였다. 우린 급식 시간에 밥도 같이 먹고 서로의 취미와 고민거리들을 나누며 친해졌다. 난 내가 쓴 글들을 누구에게도 보여 준 적이 없었지만, 지혜는 예외였다. 지혜는 내가 쓴 시나 이야기를 읽더니 내게 재능이 있다고 계속 써보라며 응원을 아끼지 않았다. 그런 지혜가 한없이 고마웠다. 나한테는 중학교에 들어와 처음으로 '친구'라고 부를 수 있는 애가 생긴 거였다.

지혜와 음악 수행평가를 대비해 함께 연습하기로 했다. 좋아하는 악기 연주가 평가 항목인데 문제는 우리가 다룰 줄 아는 악기가 리코더밖에 없다는 거였다. 고민하다 한 달 정도 남은 기간이 있어서 둘 다 가지고 있는 악기인 기타를 배워보기로 했다. 유튜브로 시작하려는데 쉽지 않았다.

"야, 너 그 영상 봤어? 이도훈 오디션 영상."

여자애들이 화장실에 삼삼오오 모여 이야기하고 있었다.

'또 이도훈 얘기네.'

무시하고 지나가려는데 한 애가 말한 게 귀에 들어왔다.

"기타 치면서 노래하는 거? 와, 진짜 장난 아니야."

'기타?'

다른 건 생각나지 않고 기타라는 두 글자만 들렸다. 방과 후에 도훈이를 불렀다.

"야, 너 기타 잘 친다며?"

"조금 치지. 왜?"

"기타 좀 가르쳐 줘."

"뭐?"

"음악 수행평가 때 쪽팔리게 리코더 불 수는 없잖아."

도훈이가 쿡 하고 웃었다.

"기타는 있고?"

"응. 군대 간 오빠가 썼던 거 있어."

"수강료는?"

"치사하게 친구끼리 돈을 받냐? 가끔 간식 살게."

"친구?"

도훈이가 잠시 생각하더니 고개를 끄덕였다.

"그런데 한 명 더 있어."

"싫어."

도훈이가 듣지도 않고 바로 거절했다.

"우리 반에 지혜 있잖아. 걔랑 같이 유튜브 보고 기타 연습하는데 잘 안돼서 어쩔 수 없이 너한테 얘기하는 거야. 그런데 치사하게 나만 따로 배울 순 없잖아."

"싫다고."

"네가 초등학교 때 나 울렸던 거 용서해 줄게."

"뭐?"

"네가 피구 공으로 얼굴 맞혀서 나 안경 날아가고 엄청 울었잖아. 네가 복도에서 발 걸어서 코피 나서 울었고. 또 너 소풍 때 도시락 안 가져와서 내 것 같이 먹었지. 또."

"알았어. 알았다고. 그때가 언젠데 치사하게."

도훈이가 황당한 표정을 지었다.

"애들 앞에서 리코더 불기 죽기보다 싫어서 그래."

얼굴을 찡그리자, 도훈이가 알았다며 피식 웃었다.

"야, 웃지 마. 정드니까."

내 말에 도훈이가 더 크게 웃었다.

지혜와 나는 도훈이에게 기타를 배우기 시작했다. 지혜가 성가대를 하는 교회가 학교와 가까이 있어 그곳에서 연습하기로 했다. 미리 허락을 받고 성가대 연습실에 기타를 가져다 두었다. 우리는 특별한 일이 있는 날을 제외하고는 학교 수업이 끝나면 기타 연습을 했다. 도훈이는 기타 잡는 자세부터 운지법까지 하나하나 자세히 가르쳐주었다.

"기타를 배운다는 게 생각보다 쉽지 않을 거야. 그래도 애들 앞에서 무난하게 한 곡은 연주해야 하니까 배운 건 잊어버리지 않게 무조건 연습해야 해."

도훈이가 선생님처럼 말했다. 지혜와 나는 고개를 끄덕였다. 일단 한 달 뒤 수행평가를 위해 쉬운 곡 한 가지만 제대로 칠 수 있을 때까지 반복하기로 했다.

"'첫사랑'이라는 곡인데 초보자들이 많이 치는 곡이야. 코드가 복잡하지 않아서 괜찮을 거야."

도훈이가 말하더니 후렴 부분을 기타로 들려주었다.

"나 이 노래 알아. '미성'이라는 가수가 부른 곡이지?"

지혜가 살짝 미소 지었다.

"어? 유명하지 않은 곡이라 아는 사람 별로 없는데 어떻게 알아?"

"정말 좋아하는 가수거든. 이 곡 말고도 '우리 처음'이라는 노래도 좋아해. 2집 타이틀곡."

"그 노래도 좋지. 내 주변에 아는 사람 없는데 진짜 신기하네."

도훈이가 말했다. 나는 전혀 모르는 내용에 대해 둘이 말하는 데 기분이 별로였다.

"야, 곡 정했으면 얼른 시작해."

내가 말하자 도훈이가 고개를 끄덕였다. 우리는 기본적인 코드를 배우고 '첫사랑'이라는 노래에 쓰이는 코드를 반복적으로 연습했다. 도훈이 말대로 기타 연주는 쉽지 않았다. 손가락이 아파서 물집이 생기고 연주하기 전 튜닝하는 데만도 20분이 걸렸다. 배운 코드는 자꾸 잊어버려 정확한 코드를 잡기가 어려웠고, 손가락 힘이 없어서 넓게 벌어지는 코드를 잡을 때는 소리가 잘 나지 않았다. 안 되겠다 싶어 지혜와 나는 매일 도훈이가 오기 한 시간 전에 미리 가서 연습했다. 도훈이는 우리가 기타 치는 영상을 찍어 카톡에 올려주고 잘못되거나 어색한 부분을 세세하게 알려주었다. 이런 노력 덕분인지 지혜와 나도 조금씩 곡을 칠 수 있었고 3주가 지났을 때는 띄엄 띄엄 한 곡 완성이 가능했다. 우리 셋 역시 많이 가까워졌다. 특히 지혜와 도훈이는 처음에는 서로 한마디도 안 하더니 어느새 조금은 편하게 말하는 사이가 되었다.

"생각보다 대단하네. 중간에 그만둔다고 할 줄 알았는데."

집에 가는 길, 도훈이가 말했다.

"야, 애들 앞에서 기타 엉망으로 쳐서 쪽팔리느니 차라리 죽는 게 나."

내가 말하자 지혜가 피식 웃었다.

"그런데 자꾸 코드를 잊어버려. 다 외운 것 같은데도 자꾸 틀려서 연주가 끊어지게 돼. 지혜 너는 하나도 안 틀리더라."

내가 부러운 듯 지혜를 보며 말했다.

"음… 머리로 외우기보다는 손으로 외워야 하는 것 같아. 처음에는 종이에 줄 여섯 개 그어놓고 반복해서 코드 연습했는데 지금은 어느 틈엔가 보면 나도 모르게 손가락을 움직이고 있더라고."

지혜 말에 도훈이가 고개를 끄덕였다.

"이제 일주일 남았네."

도훈이 말에 지혜가 아쉬운 듯 말했다.

"시간이 너무 금방 갔어. 난 평가 끝나면 본격적으로 기타 학원 알아보려고. 따뜻하고 부드러운 기타 소리가 좋더라."

"나도 손끝에서부터 시작되는 그 떨림이 좋아. 여섯 개의 줄이 만들어내는 하모니도 좋고. 기타는 어느 악기와도 잘 어울리지만 혼자서도 충분히 아름다운 음색을 가지고 있거든. 나 어렸을 때 아빠가 기타 연주를 자주 들려주셨어."

도훈이가 말했다.

"그랬구나. 지금은 연주 안 하셔?"

지혜가 묻자 도훈이가 잠시 머뭇거리더니 말했다.

"재작년에 돌아가셨어."

지혜와 나는 동시에 발걸음을 멈추었다. 도훈이가 조금 앞서다가 돌아보더니 말했다.

"지금은 괜찮아."

"미안."

지혜는 금방이라도 울 것 같은 표정이었다.

"진짜 괜찮다니까. 내일까지 연습하는 거 잊지 마."

도훈이가 손을 흔들며 뛰어갔다. 그 모습이 오래 마음에 남았다.

장염으로 며칠 학교에 가지 못했다. 물론 기타를 배우러 갈 수도 없었다. 내가 없어서 지혜 역시 기타 수업을 안 하겠다는 걸 괜찮으니 그냥 하라고 했다. 솔직히 나 없이 둘만 연습한다는 게 왠지 마음이 편하지는 않았다. 하지만 수행평가도 바로 코앞으로 다가왔고 둘이 있다고 무슨 일이 생길 것도 아닐 테니 기타 수업을 하지 말라고 하는 게 더 이상할 것 같았다. 도훈이와 지혜는 내가 학교에 가지 않은 날마다 카톡으로 내 안부를 물어왔다. 다행히 3일 만에 다시 학교에 갈 수 있었다.

교실에 들어서니 지혜가 반겼다.

"몸은 괜찮아?"

"응. 별일 없었지?"

지혜가 오른발을 내밀었다. 발목에 깁스를 하고 있었다.

"왜 그래?"

"어제 기타 연습하고 나오다 계단에서 넘어졌거든."

그때 도훈이가 교실로 들어섰다. 지혜가 도훈이를 불렀다.

"어제 고마웠어."

"아니야. 발은 괜찮대?"

"응. 바로 진료받아서 일주일만 물리치료 하면 괜찮을 거래."

둘이 다정하게 말하는데 괜히 심술이 났다.

"무슨 일 있었던 거야?"

"어제 다쳤을 때 도훈이가 병원에 데려다줬거든."

지혜가 도훈이를 보며 말했다.

'도훈이가? 그래 그럴 수 있는데, 아니 당연히 그래

야 하는 건데 왜 짜증이 나지?'

나도 내가 왜 그러는지 알 수가 없었다.

점심시간 지혜와 함께 있는데 처음 보는 애가 날 찾아
왔다. 키가 작고 앳되어 보였다.

"안녕하세요? 혹시 한태희 언니 맞죠?"

"누구?"

"1학년 장혜주라고 해요. 죄송한데 이것 좀."

그 애는 작은 선물 상자와 편지를 내밀었다.

"이게 뭐야?"

내가 어리둥절한 표정으로 묻자 그 애가 부끄러운 얼
굴로 말했다.

"이거 도훈이 오빠한테 전해주면 안 돼요? 언니가 친
하다고 들어서."

가끔 도훈이에 대해 이것저것 묻는 애들은 있었지만
직접 무언가를 전해달라는 건 처음이라 당황스러웠다.
나는 어떻게 할지 몰라 지혜를 돌아봤다.

"전해주자."

지혜가 말했다. 내가 상자와 편지를 받아들자 그 애가

환하게 웃으며 고맙다고 말했다.

"마지막이야. 난 이런 거 불편해."

그 애가 고개를 끄덕이고 돌아서 뛰어갔다.

"왜 전해주자고 했어? 도훈이가 어떻게 생각할지도 모르는데."

지혜에게 물었다.

"그 애 표정이 간절해 보여서."

"하여튼 착해서는."

그 애가 준 선물과 편지를 챙겨 기타 연습을 하러 갔다.

마지막 날이라 지혜와 나는 수행평가를 본다는 마음으로 각자 혼자서 연주해 보기로 했다. 둘 앞에서만 연주하는 건데도 막상 내 차례가 되니 떨렸다. 나는 숨을 크게 한 번 내쉬고 천천히 연주를 시작했다. 중간에 서너 군데 틀렸지만 그래도 무난하게 연주할 수 있었다.

"며칠 연습 못 해서 걱정했는데 잘했어."

도훈이가 손뼉을 쳤다. 웃는 얼굴을 보니 나도 저절로 미소가 지어졌다. 지혜 연주는 완벽했다. 감정까지 담은 연주였다. 도훈이가 엄지를 치켜세우며 미소 지었다. 지혜도 따라 웃었다. 마지막 날이라 기타를 매고 연습실을 나왔다. 왠지 아쉬웠다.

"우리 또 연주하는 날 있겠지?"

내가 말하자 도훈이와 지혜가 고개를 끄덕였다. 지혜
와 헤어지고 도훈이와 둘이 걸었다.

"아픈 건 괜찮아? 걱정했는데."

도훈이 말이 따뜻했다.

"걱정은? 많이 먹어서 탈 난 건데 뭘. 참, 이거."

내가 선물 상자와 편지를 건넸다.

"뭐야? 마지막이라고 준비한 거야?"

"미쳤냐? 내가 너한테 이런 걸 주게?"

"그럼 뭐야?"

"1학년 장혜주라는 애가 전해달래."

"장혜주?"

"응, 오늘 찾아왔더라."

"다시는 이런 거 받지 마."

"나도 다시는 안 해. 누군 좋아서 하는 줄 아냐?"

"나 좋아하는 애 있어."

도훈이가 멈추어 서더니 제법 진지하게 말했다.

"뭐?"

갑자기 그 말을 듣는데 기분이 이상했다.

"좋아하는 애 있다고. 그래서 이런 거 받고 싶지 않아. 안 되겠다. 조만간 말해야지."

"누군데?"

마음이 쿵쾅거렸다. 도훈이에게까지 들릴까 걱정이 됐다.

"있어. 눈치 없는 애."

도훈이가 웃었다.

"눈치 없는 애?"

"내일 수행평가 잘하고. 간다."

도훈이가 손을 흔들고 사라졌다. 나는 도훈이 모습이 안 보일 때까지 그 자리에 서 있었다.

잠을 잘 수가 없었다. 수행평가고 뭐고 하나도 중요하지 않았다. 애들 앞에서 망신당하는 것도 문제 될 게 아니었다.

'도훈이가 좋아하는 애? 눈치 없는 애? 누굴까? 누구지?'

첫날 내 책상을 두드리며 환하게 웃었던 도훈이가 생

각났다. 다른 여자애들과는 전혀 친하지 않으면서 나하고는 거리낌 없이 이야기하는 도훈이. 기타 가르쳐 달라고 했을 때도 나만 가르쳐주겠다고 했던 도훈이. 내가 장난을 쳐도 그냥 웃고 넘어가는 도훈이. 내가 아팠을 때 걱정했다는 도훈이. 기타 치는 나를 미소 지으면서 바라보던 도훈이.

'설마 도훈이가 좋아하는 애가 나? 그러네. 그것도 눈치 못 채고. 진짜 눈치 없는 애가 맞네.'

이불을 걷어찼다. 심장이 마구 뛰기 시작했다. 얼굴이 달아올랐다.

'조만간 고백한다고 했는데 내일은 아니겠지? 이제 도훈이 얼굴을 어떻게 보지? 아, 어떡하지?'

그날 밤늦게까지 뒤척이다 겨우 잠이 들었다. 나는 꿈을 꾸었다. 도훈이가 내 앞에서 기타를 연주했다. 곡명은 '첫사랑' 연주가 끝나자 도훈이가 장미꽃 한 송이를 들고 성큼성큼 다가왔다. 그리고 한쪽 무릎을 꿇더니 내 앞에 꽃 한 송이를 내밀었다. 수많은 여자애들이 부러운 눈으로 나를 봤다. 내가 꽃을 받으려는 순간.

잠에서 깼다. 학교 가는 동안에도 마음이 어디쯤인가 둥둥 떠 있었다. 깜박 잊고 기타도 놓고 와서 다시 집에 갔다 와야 했다. 나는 교실에 앉아 도훈이 눈치를 살폈다. 여느 때와 다름없는 표정이었다.

'진정하자. 오늘이 아닐 수도 있으니까. 일단 기타 연주를 잘해야 실망하지 않을 거야.'

마음을 다잡고 있는데 어느 틈엔가 지혜가 왔다.

"어제 선물 잘 전했어? 도훈이가 뭐래?"

"다시는 이런 거 하지 말라고. 또⋯."

"또?"

"아니야."

어차피 나중에 알게 될 일인데 미리 이야기할 필요는 없었다. 우리는 서로의 기타 연주를 응원해 주었다. 나는 최종 연습할 때보다는 아니지만 그래도 무난하게 연주를 마쳤다. 여기저기서 '와'하는 작은 소리가 들렸다. 도훈이도 만족한 얼굴이었다. 지혜 차례였다. 지혜는 크게 한 번 숨을 내쉬더니 천천히 연주를 시작했다. 따뜻하고 감미로운 선율이었다. 아이들은 숨 소리도 내지 않고 가만히 귀를 기울였다. 기타가 만들어내는 음 하

나하나가 잔잔한 감동을 주었다. 눈을 감고 가는 손가
락으로 연주하는 지혜가 오늘따라 예뻐 보였다. 연주
가 끝나자 여기저기서 휘파람 소리가 들려왔다. 한 번
만 듣기 아쉽다는 목소리도 들렸다. 나는 얼른 도훈이
를 돌아봤다. 도훈이가 특유의 미소를 지으며 양쪽 엄
지를 치켜세웠다.

'그래, 연주는 잘했으니까.'

아이들을 따라 손뼉을 쳤다. 지혜가 환하게 웃으며 자
리에 앉았다. 쉬는 시간 도훈이가 지혜와 나에게 다가
왔다.

"둘 다 대단해. 진짜 잘했어."

"덕분이야. 고마워."

지혜가 수줍게 웃으며 말했다.

"초등학교 때 일 다 용서됐다."

내가 말하자 도훈이가 어이없다는 듯 피식 웃었다.

요 며칠 일찍 일어나 머리 감고 드라이하고 티 안 나
게 화장까지 하느라 지각이 잦았다. 오늘은 생리통으로
아랫배까지 아파 그냥 가려다가 아픈 배를 부여잡고 머

리를 매만졌다. 언제 고백받을지 알면 이렇게 매일 부산떨지 않아도 되는데, 그날을 알 수가 없으니 당분간은 정신없는 아침을 보내야 했다. 입술에 옅은 틴트까지 바르고 조금 늦게 학교로 향했다. 교실이 평소와 다르게 소란스러웠다. 여자애들이 군데군데 모여 소곤거리고 있었고 남자애들이 도훈이 주변에 몰려있었다. 자리에 앉자마자 앞에 앉은 영은이가 돌아보며 물었다.

"넌 알고 있었지? 그렇지?"

"뭘?"

"도훈이랑 지혜랑 사귀는 거?"

"어?"

"도훈이가 어제 지혜한테 고백했대."

무언가 심장에서 툭 떨어졌다.

"도훈이가 지혜를 업고 병원에도 갔었다는데?"

'도훈이가 업어주었다고? 지혜를?'

아랫배에 싸한 통증이 왔다.

'혹시 지혜가 나와 친하게 지낸 게 도훈이 때문일까? 후배가 가지고 온 선물 전해주자고 했던 것도 도훈이 반응이 보고 싶어서?'

별의별 생각이 다 들었다. 생리대 하나를 주머니에 챙겨 넣고 교실을 나왔다. 화장실에서 나오는 지혜와 마주쳤다.

"어디 아파?"

지혜가 내 얼굴을 살피며 물었다.

"너, 진짜 도훈이랑."

"너도 들었구나? 오늘 말하려고 했는데."

지혜가 얼굴을 붉혔다.

'너 나에게 먼저 다가온 게 혹시 도훈이 때문이야?'

묻고 싶었는데 소리가 입 밖으로 나오지 않았다. 어떤 대답이 나올지 무서워서 묻지 못했는지도 모르겠다.

"윽."

심해진 생리통에 배를 잡고 주저앉았다. 내 표정을 숨기지 않아도 되어서 이 상황이 차라리 고마웠다.

"어떡해? 많이 아픈 거야?"

지혜가 옆에 따라 앉으며 내 표정을 살폈다. 걱정이 가득한 얼굴이었다. 나는 고개를 끄덕였다.

"조퇴해야 할 것 같아."

"같이 가 줄까?"

지혜가 물었다.

"괜찮아."

겨우 일어나 교무실로 향했다. 뒤에 서 있는 지혜의 인기척이 느껴졌다. 한 걸음 떼기가 왜 그렇게 힘든 건지.

'지혜랑 도훈이가 사귄다고? 어떻게 그래? 말도 안돼.'

마음이 아팠다. 가끔 도훈이를 생각할 때 두근거리던 마음이 무언지 몰랐는데 이제는 확실해졌다. 나는 도훈이를 좋아하고 있었다.

'지혜랑 유튜브만 보고 기타 연습할걸. 아니 나 혼자만 가르쳐 준다고 했을 때 그렇게 하자고 할걸. 아니 나 장염 걸렸을 때 둘이 기타 연습하지 말라고 할걸.'

지나간 시간이 후회됐다. 그럴 수 있다면 다시 되돌리고 싶었다.

어떻게 집에 왔는지 모르겠다. 가방을 구석에 던져두고 방으로 들어갔다. 핸드폰이 울렸다. 지혜였다.

잘 갔어? 걱정돼서.

화면에 알림 문자가 떴다. 읽은 것처럼 보이고 싶지 않아 카톡 창을 열지 않았다.

> 학교 왜 안 와? 오전 09:48

도훈이다. 내가 학교에 갔었는지도 모르나 보다.
'눈치 없는 건 너야, 이도훈. 바보.'
눈물이 핑 돌았다.

> 나 너 좋아해.

문장을 썼다 지웠다. 그러기를 두어 번 반복했다.

◯ 배 아파서 조퇴. 친구한테 관심 좀 가져라. 지혜랑 사귄다며? 잘 해줘. 오전 09:55

카톡을 보내고 핸드폰을 껐다. 침대에 눕자 책상 옆에 놓인 기타가 눈에 들어왔다. 기타를 집어 들었다. 도훈이에게 배웠던 '첫사랑'. 이젠 한 번도 틀리지 않고 칠 수 있는데.

　‘우리 함께 보낸 시간이 너에겐 우정이었을까, 사랑이
었을까.’
　‘우리 함께 보낸 시간이 나에겐 우정이었을까, 사랑이
었을까.’

　노래 가사가 자꾸만 뿌예졌다. 기타 위로 눈물이 뚝뚝
떨어졌다. 지혜와 나, 도훈이. 우리는 이전처럼 지낼 수
있을까?

　“야, 무슨 생각을 그렇게 해?”
　눈을 떠보니 앞에 지혜가 앉아 있었다. 뛰어왔는지 얼
굴이 붉었다. 손에는 꽃다발이 두 개 들려있었다.
　“지금 나오는 노래.”

　‘우리 함께 보낸 시간이 너에겐 우정이었을까, 사랑이
었을까.’
　‘우리 함께 보낸 시간이 나에겐 우정이었을까, 사랑이

었을까.'

지혜가 가만히 듣더니 후렴 부분을 낮게 흥얼거렸다.

"그땐 우리 어렸는데."

지혜가 한 손으로 턱을 괴고 말했다.

"누가 들으면 우리 나이 꽤나 많은 줄 알겠네."

내 말에 지혜가 피식 웃었다.

"그런데 넌 헤어져 놓고 오늘 도훈이 콘서트에는 왜 가고 싶은 건데?"

내가 묻자 지혜가 살짝 미소 지었다.

"지금 생각하면 그때 사귄 게 맞나 싶다니까. 한 달도 제대로 못 만났어. 도훈이가 갑작스럽게 영화에 캐스팅돼서 바빠지는 바람에. 수업 끝나면 바로 촬영장으로 가고 나중에는 체험학습 쓰고 학교에도 오지 않았잖아. 얼굴을 봐야 뭐 연애를 하지. 못 보니까 자연스럽게 멀어지게 된 거고. 나중에는 도훈이가 미안하다고 하더라. 그리고 소속사에도 연애 금지 조항이 있다는데 뭐 어쩔 수 있냐? 애처럼 징징대며 매달리는 것도 자존심 상하고. 도훈이 꿈을 아는데 응원해줘야지. 그리고 도

139

훈이가 리메이크하는 바람에 내 최애 가수 '미성'이 얼굴 없는 가수에서 완전 인기 가수 됐잖아."

지혜가 눈을 반짝이며 말했다.

"그나저나 그때 넌 도훈이랑 내가 같이 만나자고 했을 때 어떻게 한 번을 안 오냐? 난 솔직히 도훈이랑 사귀어서 좋았던 것보다 너랑 멀어지는 게 더 속상해서 내가 먼저 도훈이에게 그만 만나자고 말할 뻔했다니까."

"내가 거길 왜 가니? 눈치 없게. 그리고 나도 그때 도훈이 좋아했거든."

"뭐, 진짜?"

지혜가 눈을 동그랗게 뜨고 물었다.

"농담이야 농담. 야, 그리고 나랑 멀어졌다고 뭘 걱정해? 나는 네가 도훈이랑 사귀었든 헤어졌든 상관없이 네 옆에 계속 있었을 건데."

내가 말하자 지혜가 빙그레 웃으며 꽃다발 하나를 내밀었다.

"이거."

"도훈이 주라고? 됐어. 네가 다 준비해놓고. 내가 이런 거 주면 도훈이 질색한다니까."

"그거 네 거야. 너 얼마 전 청소년 창작 소설 공모전에서 상 받았잖아. 미래의 작가님께 주는 축하 선물."

"아, 무슨 작가야? 아직도 멀었는걸. 아무튼 진짜 고마워."

내가 쑥스러워하며 꽃을 받아들자 지혜가 나를 보며 말했다.

"왜 담임도 그랬잖아. 태희 글은 재치 있고 통통 튀어. 팔딱팔딱 살아있는 게 신선하다고나 할까?"

나이 지긋했던 선생님 목소리를 흉내 내는 지혜를 보자 웃음이 나왔다.

"그때 누군가 그랬지?"

지혜가 말을 하다 나를 봤다. 우린 동시에 입을 열었다.

"참치처럼요?"

그리고는 우리 둘 다 깔깔깔 웃음을 터뜨렸다.

"너도 생각나는구나?"

지혜가 웃겨 죽겠다는 듯이 배를 움켜잡았다.

'어떻게 잊을 수 있을까?'

국어 과목을 맡고 있던 담임은 수업 시간에 글쓰기를

하고 나면, 종종 애들 앞에서 내 글을 읽어주곤 했는데 하루는 그렇게 말했다. '태희 글은 살아있는 듯 팔딱팔딱 뛰고 신선하다'고. 아마 연호였을 거다. 바로 그때 '참치처럼요?' 하고 물었던 애가. 연호 부모님이 학교 근처에서 '팔딱팔딱 참치' 가게를 했던 걸 알고 있던 터라 우리는 모두 참치라는 말에 폭소를 터뜨렸다. 나중에 작가가 되어 필명을 쓰게 되면 꼭 '참치'라고 쓰라며 애들이 놀리듯 말했는데 나는 그 말이 싫지 않았다. 오히려 좋았다. '니들 그거 알아? 참치가 진짜 맛있는 생선이라는 뜻에서 '진치'로 불리다가, 한자 '진(眞)'이 순우리말 '참'으로 바뀐 거. 태희도 진짜 맛있는 글을 쓸 거다. 두고 보라고' 하며 담임이 확신하듯 말해주었으니까. 아마 그때부터였을 거다. 정말 작가가 되고 싶다고 생각했던 건.

"도훈이도 너도 꿈을 향해 한 발 내딛는 모습이 진짜 멋져."

잠깐 그때 생각에 잠겨있는데 지혜가 흐뭇한 표정으로 나를 보았다. 그리고 다짐하듯 말을 이었다.

"난 아직 진로를 정하지는 못했지만, 이제라도 일단 열

심히 공부해보려고. 그러다 보면 나도 언젠가는 내가 하고
싶은 일을 찾을 수 있겠지?"

"당연하지!"

내가 맞장구치자 지혜가 슬며시 미소 지었다.

카페를 나왔다. 우리는 한 손에 꽃다발을 하나씩 들고 걸
었다. 가슴으로 끌어안으니 기분 좋은 향기가 났다.

"우리 미래가 이렇게 예쁜 꽃길이면 얼마나 좋을까?"

지혜가 은은한 빛이 감도는 연분홍 파스텔 거베라에 코
를 가까이 대었다.

"너 그 꽃 꽃말이 뭔지 알아?"

내가 묻자 지혜가 눈을 동그랗게 뜨며 고개를 저었다.

"신비, 풀 수 없는 수수께끼래. 아마 우리 앞날도 그렇지
않을까?"

비가 한두 방울 내렸다. 소나기 예보가 있었지만 구름 한
점 없는 맑은 날이라 우산을 가져오지 않았는데.

"지금처럼 갑자기 내리는 소나기 같다는 거지?"

지혜가 웃으면서 가방에서 우산을 꺼냈다.

"그래, 그래서 더 재밌잖아. 우린 아직 어린데 뭐가 걱정이야? 실패해도 다시 시작하면 되지. 이렇게 우산을 내밀어 주는 친구도 있고 말이야."

지혜 팔짱을 끼고 몸을 가까이 붙였다.

"맞아. 꽃길만 걸을 수는 없겠지만 그럼 또 어때? 당당하게 오늘을 살면 되지. 뭐."

지혜가 우산을 활짝 펼쳤다. 우리는 작은 우산 속에 어깨를 붙이고 앞으로 걸었다. 쇼윈도에 비친 우리 모습이 꽤 마음에 들었다.

'우리 함께 보낸 시간이 너에겐 우정이었을까, 사랑이었을까.'

'우리 함께 보낸 시간이 나에겐 우정이었을까, 사랑이었을까.'

거리에 '첫사랑'이 울려 퍼지고 있었다.

10대 청소년 자살률 증가, 청소년이 행복하지 않은 나라, 폭력으로 죽어가는 아이들. 이런 기사를 볼 때마다 가슴이 철렁 내려앉았다. 이목을 끌기 위해 지어낸 자극적인 제목의 기사들이기를 바라지만, 실제라는 사실이 더 마음 아팠다. 존재만으로 사랑받아야 할 아이들이 왜 이토록 아프고 힘들어야 하는 건지.

아파하는 아이들을 토닥여 줄 누군가가 있었다면, '넌 혼자가 아니야'라고 말해주는 사람이 있었다면 어땠을까? 단 한 사람이라도 이해하고 믿어준다면 무너질 것 같은 삶 속에서도 희망을 찾을 수 있지 않을까? 하는 마음으로 글을 썼다. 이 책이 아이들을 이해하고, 그들에게 온기 있는 한 사람이 되고 싶다 느끼게 하는 마중물이 된다면 더없이 좋겠다.

지금 힘들고 괴로운 일들이 마냥 계속되지는 않을 거라는 걸. 또한 지금 겪고 있는 고민과 어려움을 통해 분명 내면이 단단한 어른으로 성장하게 될 거라는 걸. 나는 믿는다. 책 속에서 서진이가 목에 둘렀던 손수건을 벗어 던지고, 라희가 자신의 꿈을 찾아 한 걸음 힘차게 내디딘 것처럼.

결국, 아이들은 도저히 깨질 것 같지 않은 얼음 속 세상을 깨부수고 파랗고 드넓은 바다에서 자유롭게 헤엄치게 될 것이다.

2024년 9월

오늘도 애쓰며 살아가는 청소년들에게 애정을 담아,

김태운

냉동참치

초판 1쇄 인쇄 2024년 9월 30일
초판 1쇄 발행 2024년 10월 15일
초판 2쇄 발행 2025년 4월 25일

지은이 김태은 | **그린이** @캐스퍼

펴낸곳 리아앤제시 | **펴낸이** 안지민
기획편집 안지민 | **디자인** 윤형선 | **마케팅** 안지민
출판신고번호 제 2021-000049호 | **주소** 부천시 부천로 198번길 18
팩스 0504-495-0987 | **이메일** lianjesse@naver.com |
블로그 https://blog.naver.com/lianjesse | **인스타** @lianjesse_publisher

ISBN 979-11-977024-4-0 (43810)

어린이제품안전특별법에 의한 표시
품명 청소년 도서 **제조국** 대한민국 **사용연령** 10세 이상 **주의사항** 책 모서리에 다치지 않도록 주의하세요.

리아앤제시
인스타 QR

'이 책은 2024 경기도 우수출판물 제작지원 사업 선정작입니다'